Er hat es wieder getan

Sabine Bomeier

Er hat es wieder getan

Geschichten über die Liebe

und das Böse in ihr

FSC
www.fsc.org
MIX
Papier aus ver-
antwortungsvollen
Quellen
Paper from
responsible sources
FSC® C105338

2014
Sabine Bomeier
Herstellung und Verlag: BoD – Books on Demand,
Norderstedt
ISBN: 9783738603057

Inhalt

Er hat es wieder getan - Seite 7

Im Büro - Seite 19

Ein Tag in der Laubenkolonie - Seite 27

Martin - Seite 31

Mehmet lernt Martha kennen - Seite 61

Sommer, Sonne, Träume - Seite 65

Marius – Seite 67

Lucy – Seite 105

Vater - Seite 117

Endlich wieder zu Hause - Seite 121

Er hat es wieder getan

Das Telefon klingelt. Lea nimmt den Hörer ab: "Ja?" Von Schluchzen unterbrochen fragt eine Frauenstimme: "Kann ich zu dir kommen? Ich weiß nicht wohin." "Na klar, komm her", ist die kurze Antwort. Lea legt auf, stützt die Arme auf den Schreibtisch, räumt seufzend die Sachen zusammen. Sie weiß, was jetzt auf sie zukommt und fühlt sich schon im Voraus überfordert. An Arbeit ist jetzt wohl nicht mehr zu denken. Die Aufsätze ihrer Schüler wird sie eben später korrigieren. Sie geht in die Küche, zupft an den weißen Baumwollgardinen und denkt daran, wie schön es in dem Geschäft war, in dem sie die während des letzten Urlaubs in der Provence gekauft hat. Eine von vielen Reisen, die sie allein unternommen hat. Daran hat sie sich gewöhnt, auch wenn sie sich immer noch wünscht, auch mal mit ihrer Schwester Kerstin dorthin zu fahren.

Schon eine halbe Stunde später steht Kerstin vor Leas Tür. Verheultes Gesicht unter strubbeligen, raspelkurzen blonden Haaren. Die Schwestern sehen sich zum Verwechseln ähnlich, auch wenn Lea immer sehr viel seriöser als Kerstin wirkt. Kerstins linkes Auge ist nun dunkelblau geschwollen. Er hat mal wieder zugeschlagen.

Aber nicht das geschwollene Auge schmerzt die schlanke Frau, daran ist Kerstin längst gewöhnt. Es ist die Demütigung und auch die Enttäuschung, die so weh tut. Sie hat ihren Mann Theo einmal sehr geliebt. Am Anfang war alles schön. Es war so zärtlich, hat ihr jeden Wunsch von den Augen abgelesen. Und er wirkte so stark. Sie glaubte, endlich einen Mann gefunden zu haben, an dessen Schulter sie sich würde anlehnen können, der sie beschützen würde. Getrunken hatte er immer schon viel, aber erst nach der Hochzeit ist es richtig schlimm geworden. Nachdem er den Job verloren hatte und den ganzen Tag zu Hause herumsaß, fing er an, sich über jede Kleinigkeit aufzuregen. Irgendwann hat er dann das erste Mal zugeschlagen. Sie spürt die Hand auf ihrer Wange noch heute. Aber schon am nächsten Tag tat ihm alles Leid und er schwor, sich zu ändern. Aber es passierte dann doch noch mal. Und noch einmal. Sie weiß schon gar nicht mehr, wie oft eigentlich?

Außer mit ihrer Schwester mag sie mit niemandem darüber reden. Es ist so peinlich. Wie ein Hund wird sie geprügelt, sie schämt sich dafür. Für die blauen Flecken findet sie immer Ausreden. Wenn es ganz arg ist, geht sie eben einige Tage nicht aus dem Haus.

Kerstin fällt in Leas Arme, lässt ihren Tränen freien Lauf. Nach einer Weile führt Lea sie in ihr wie immer aufgeräumtes Wohnzimmer, setzt sich mit ihr auf das Sofa. Wieder nimmt sie Kerstin in die Arme, streicht ihr über den Rücken. "Nun erzähl mal alles in Ruhe. Was genau ist denn passiert?", fragt Lea ihre Schwester.

Dabei weiß sie, was geschehen ist. Schon oft hat Kerstin so geschunden und geschlagen auf ihrem Sofa gesessen. Theo wird schon bald anrufen. Er wird wieder sagen, wie Leid ihm das alles täte und dass so etwas nie wieder vorkommen solle. So war es immer. Lea erwartet auch dieses Mal nichts anderes. Sie konnte schon damals nicht verstehen, was ihre Schwester an diesem Mann fand. Ihr kam er immer etwas roh und primitiv vor. Sie hat sich immer gefragt, worüber ihre Schwester mit ihm eigentlich redet?

"Wir waren in der Kneipe bei uns unten im Haus", beginnt Kerstin zu erzählen: "Theo hatte wieder zu viel getrunken. Da gab es Streit. Theo meinte, ich hätte mit dem Typen hinter der Theke geflirtet. Ich bin schuld, ich weiß doch, wie eifersüchtig Theo ist".

"Du wirst nie begreifen, dass das keine Frage der Schuld ist, schon gar nicht deiner", sagt Lea und nimmt Kerstins Gesicht zwischen ihre Hände. Insgeheim fragt sie sich, wie man schon so früh am Nachmittag in eine solche Kneipe gehen kann? Sie würde nicht einmal abends dorthin gehen.

Theo hat sich zuerst den Typen hinter der Theke vorgenommen, ihn mit einer Hand zu sich herangezogen und ihm mit der rechten Faust ins Gesicht geschlagen. Darauf haben die anderen Besucher Theo festgehalten. Der Wirt hat darauf bestanden, dass Theo die Kneipe verlässt und der wiederum hat darauf bestanden, dass Kerstin ihn begleitet. Sie sei schließlich seine Frau. Kerstin hat gehorcht, wie immer. Sie sind dann nach Hause gegangen. Theo hat dort noch ein Bier getrunken, dabei stumpf vor sich hingestarrt. Wer weiß, was ihm in solchen Momenten durch den Kopf geht?

Dann ist er aufgesprungen und auf Kerstin losgegangen. "Du Hure, du verdammte Hure, ich lasse es nicht zu, dass du mich betrügst, du bist meine Frau, nur meine", hat er geschrien und dabei seine Faust in Kerstins Gesicht gerammt. Dann hat er ihr einen gezielten Schlag in den Bauch versetzt. Als sie zusammensackte, hat er versucht, sie an den Armen wieder hochzuziehen. Aber sie konnte nicht mehr stehen, fiel einfach in sich zusammen. Da hat er zugetreten, die schweren Stiefel noch an den Füßen. Irgendwie hat sie sich dann zumindest auf alle Viere aufrichten können und ist bis zur Tür gekrochen. Sie hat es bis auf die Straße geschafft und vom Kiosk gegenüber hat sie Lea angerufen und ist mit einem Taxi zu ihr gefahren.

"Du bleibst jetzt erst mal hier und dann sehen wir weiter", entscheidet Lea.

Kerstin zieht ihr Handy aus der Hosentasche und legt es auf den Tisch. Missbilligend beobachtet Lea das. Sie weiß, Kerstin wartet darauf, dass Theo sich nun meldet. Lange braucht sie nicht zu warten. Ein schriller Ton ist zu hören. Kerstin hat eine SMS bekommen. Theo hat geschrieben. Es tue ihm so leid, Kerstin solle zu ihm zurückkommen, es solle nun alles anders werden, er könne ohne Kerstin nicht leben. Es ist wie immer. Das Spiel wird nach dem immer gleichen Muster gespielt. Abweichungen sind weder von Kerstin noch von Theo geplant.

"Wenn du wirklich von ihm loskommen willst, dann stell jetzt das Handy aus, denk nur an dich und lass dich nicht wieder herumkriegen", entfährt es Lea ungewollt barsch. "Du hast ja Recht, aber ich kann nicht anders, ich liebe ihn doch so", jammert Kerstin. Sie schiebt ihre Ärmel hoch und Lea sieht die blauen Flecken auf den Armen. "Das ist noch nicht alles", sagt Kerstin und schiebt den Pullover hoch. Der Bauch ist ebenfalls voller dunkler Blutergüsse.

"Krankenhaus, du musst ins Krankenhaus", keucht Lea. "Nee, lass man, das geht schon wieder", sagt Kerstin. "Ich muss mich jetzt nur erst etwas ausruhen".

Abermals ertönt das Handy. Es ist wieder eine SMS von Theo. Er will seine Frau zurückhaben. "Kerstin schaut zu Lea: "Weißt du, das sind die Momente, die mich für so einiges entschädigen. Jetzt ist er ganz klein, jetzt kann ich alles von ihm haben". Fast zärtlich schaut sie dabei das kleine silberne Handy an. "Spinnst du!", kreischt Lea: "Er hat dich fast totgeschlagen und du genießt es, wenn er jetzt wieder angekrochen kommt. Das ist pervers, das verstehe ich nicht. Ich verstehe sowieso nicht, was eine Frau wie du an einem solchen Typen findet. Der ist dir doch gar nicht gewachsen". "Vielleicht hat es etwas mit Macht zu tun", sagt Kerstin: "Jetzt stehe ich weit über ihm, aber ganz weit, jetzt bin ich die Stärkere". "Du spinnst, du spinnst einfach. Wir machen jetzt was Schönes und morgen sehen wir weiter. Jedenfalls kannst du nicht zurück. Irgendwann muss doch auch mal Schluss sein".

Lea schleppt Kerstin mit in ein Konzert, ein spanisches Gitarrenkonzert. Da wollte sie sowieso hin. Und da muss Kerstin das Handy ausschalten. Trotz Kerstins Zustand, scheint ihr das im Moment besser als zu Hause zu sitzen und auf einen Anruf von Theo zu warten.

Und wirklich scheint Kerstin für eine Weile vergessen zu können. Ganz begeistert ist sie von den ebenso romantischen wie kraftvollen Gitarrenklängen. Den dunklen Gitarristen auf der Bühne himmelt sie förmlich an. In der Pause trinken sie an der Bar einen Wein. Kerstins Augen sprühen vor Freude. "Mensch Kerstin, weißt du eigentlich, dass ich schon ewig nicht mehr in einem Konzert war. Ich bin so richtig glücklich heute Abend". So möchte Lea die Schwester öfter sehen. So kennt sie Kerstin aus der gemeinsam verbrachten Studentenzeit. Kerstin hat immer so gesprüht vor Leben, ganz anders als die immer etwas stille und in sich gekehrte Lea.

In Lea wächst die Hoffnung, dass Kerstin vielleicht doch irgendwann von diesem Mann loskommt. "So könnte es ja immer sein, wenn du dich von Theo trennen und endlich dein eigenes Leben führen würdest. Du könntest immer das tun, was dir gefällt". "Ja, das wäre schön", kommt es von Kerstin als Antwort, aber sie scheint an etwas ganz anderes zu denken.

Lea besteht darauf, dass zumindest in der Nacht das Handy ausgestellt wird. Aus gutem Grund, denn in der Zwischenzeit sind mindestens zwanzig SMS von Theo aufgelaufen. Er gibt nicht auf. Er scheint sich seiner Sache sicher zu sein. Die Frauen liegen zusammen in dem breiten Bett von Lea. Kerstin ergreift Leas Hand und sagt, dass sie froh sei, eine solche Schwester zu haben.

Morgens geht Lea zum Bäcker und holt frische Brötchen, kocht Kaffee und weckt dann erst Kerstin. Kerstin schaut als erstes auf das Handy. Ja, er hat mehrmals in der Nacht versucht, sie zu erreichen. Er droht jetzt mit Selbstmord und damit die geliebten Katzen von Kerstin umzubringen. "Nichts von all dem wird er tun", beruhigt Lea sie. Aber Kerstin bleibt unruhig. Während sie am Frühstückstisch sitzen, tönt wieder und wieder das Handy. Kerstin bringt es nicht fertig, das Ding auszuschalten. "Wenn du dich wirklich trennen willst, dann kann es dir ziemlich egal sein, was er jetzt schreibt oder meint sagen zu müssen", herrscht Lea die Schwester an. "Das verstehst du nicht", antwortet Kerstin.

"Egal, wo du bist, ich finde dich und mache dich fertig", schreibt er in einer weiteren SMS. Da reicht es Lea. Sie hat Angst. Wenn Theo tatsächlich gleich vor ihrer Tür steht, wird sie weder sich noch Kerstin schützen können. Sie hat Angst, dass dieser bullige Kerl mit dem Stiernacken und den kurzgeschorenen Haaren hierher zu ihr kommt. Was sollte sie dann tun? Ihn nicht herein lassen? Er würde sie einfach zur Seite schieben. Gar nicht erst aufmachen? Er würde auf der Straße vor dem Haus randalieren, alle Nachbarn zusammen schreien. Soll sie dann die Polizei holen? Was würde das nützen?

"Du musst ins Frauenhaus", beschließt Lea. Sie fühlt, dass sie Kerstin nicht wirklich helfen kann. Kerstin kann bei ihr schlafen, aber sie braucht mehr Hilfe. Kerstin braucht Schutz vor diesem Mann und sie braucht jemanden, der sie innerlich stark genug macht, um nicht wieder zurückzukehren. Sie hofft, all das im Frauenhaus zu finden.

Lea hat die Telefonnummer vom Frauenhaus noch von früheren Besuchen dieser Art von Kerstin bei ihr. Irgendwann einmal hatte sie sich von der Polizei die Nummer geben lassen. Sie wählt die Nummer und fragt, ob sie Kerstin bringen könne, denn alleine will Kerstin dort nicht hingehen. Das hat sie ganz klar gesagt. Aber Lea wird energisch. Angst kann sehr entschlossen machen. "Ich packe dir jetzt das Nötigste zusammen und dann bringe ich dich ins Frauenhaus". Das duldet keinen Widerspruch mehr.

Nachthemd, Waschzeug und etwas Wäsche zum Wechseln sind schnell zusammengepackt. Lea ruft ein Taxi. Kerstin heult. Sie will eigentlich nicht ins Frauenhaus. Sie will bei Lea bleiben, etwas zur Ruhe kommen und dann... ja, das wird man sehen.

Das Taxi kommt, Lea zerrt Kerstin hinaus, schiebt sie ins Taxi, sagt dem Fahrer, wo es hingehen soll. Kerstin greift nach Leas Hand, fängt wieder an zu Heulen und sagt, dass sie sich vor dem Frauenhaus fürchtet. "Es kann nicht schlimmer als dein Zusammenleben mit Theo sein", meint Lea. "Du wirst mich heute Abend noch anrufen und mir sagen, wie es ist".

Vor dem Frauenhaus steigen sie aus. Kerstin wird schon erwartet. Zwei Frauen nehmen sie in Empfang, nehmen sie in die Mitte und verschwinden mit Kerstin hinter der dunklen Tür der alten Villa.

Lea bleibt mit Tränen in den Augen zurück. Sie fühlt sich schuldig. Hat sie das Richtige getan? Hat sie die Schwester abgeschoben, die Verantwortung anderen übergeben? Hatte sie das

Recht dazu? Sie weiß nur, dass sie dieser Situation nicht mehr gewachsen ist.

Als Lea zu Hause ist, fühlt sie auch Erleichterung. Sie kann Kerstin nicht wirklich schützen. Sie, Lea, spürt nur immer noch die Angst davor, dass Theo vor ihrer Tür stehen könnte. Sie weiß, dass sie dann nicht mit ihm fertig werden würde.

Das Telefon klingelt wenig später, Kerstin ist dran. Nein, es gefällt ihr ganz und gar nicht in dem Frauenhaus. Alles sei so primitiv. "Was um Himmels Willen, kann primitiver als ein schlagender Ehemann sein?", fragt sich Lea. "Halte durch, du kannst dir von dort aus eine Wohnung oder erst mal ein Zimmer suchen. Die anderen werden dir dabei helfen", antwortet sie Kerstin.

Lea hat kein gutes Gefühl. Es war nicht wirklich Kerstins Entscheidung ins Frauenhaus zu gehen. Lea hat das entschieden.

Am nächsten Morgen ruft Kerstin wieder an. Sie ist zu Theo zurückgekehrt. Er hätte versprochen, dass nun alles anders würde. Sogar eine Therapie wolle er jetzt machen. So wie all die anderen Male zuvor auch.

Im Büro

Sie geht den langen Gang mit den grauen Wänden entlang. Hinter den Türen hört sie Geräusche, Stimmen, ab und an auch mal ein Gekicher. Der Druck im Magen wird stärker, wie jeden Morgen um diese Zeit. Sie muss ihren ganzen Mut zusammennehmen, um diesen Weg zu gehen. Wie gerne würde sie umkehren und einfach fliehen. Aber wohin denn? Sie hat ja gar keine Wahl. Schnell steckt sie sich noch ein Pfefferminzbonbon in den Mund.

Die meisten ihrer Kollegen sind bereits im Betrieb. Fast alle wollen früh anfangen, um dann auch früh wieder nach Hause zu können. Sie haben Familien, Ehepartner und Kinder, die auf sie warten und die wenigstens den Rest des Tages mit ihnen verbringen wollen. Sie aber ist alleine, auf sie wartet niemand nach Feierabend. Sie kann es sich leisten, spät zu kommen und spät zu gehen. Wenn sie aus dem Büro kommt, ist ihre Wohnung immer leer. Da ist es besser, wenn der Rest des Tages nicht mehr so lange dauert und sie bald ins Bett gehen kann.

Sie öffnet die Tür ihres Zimmers. Der Kollege ist schon da. Er sitzt mit hochgezogenen Schultern über Akten gebeugt an seinem Schreibtisch, ist ganz vertieft in die Schriftstücke, schaut nicht einmal auf, als sie den Raum betritt. Sie murmelt ein: "Guten Morgen", auf das sie kaum eine Antwort erhält. Der Kollege scheint sie nicht zu bemerken. Aber das kennt sie nicht anders. Sie setzt sich an ihren Platz, legt die vom Empfang mitgebrachte Post auf den Schreibtisch und will sich, wie immer zum Beginn eines Arbeitstages, erst einmal einen Kaffee holen. Sie fragt, ob sie auch ihm einen mitbringen solle. Er schaut nur kurz auf und murmelt, dass das nicht nötig sei, er hätte noch genug in seiner Tasse. Auch das ist jeden Morgen so, nie trinken sie mal gemeinsam Kaffee, wie es andere Kollegen tun.

Sie schenkt sich aus der großen Thermoskanne in der Teeküche ein, geht zurück und setzt sich wieder an den Tisch. Sie streift ihren Rock glatt und bemerkt, dass die Hände zittern. Aber wenn sie sich ganz fest darauf konzentriert, kann sie das unter Kontrolle bringen. Kein Mensch hat je bemerkt, dass sie Mühe hat, die Finger ruhig zu halten. Die Nägel sind perfekt maniküirt und wie jeden Morgen hat sie sehr genau überlegt, was sie anziehen soll. Bloß nicht zu auffällig, aber auch nicht zu lässig. Sie ist stets korrekt gekleidet. Die Extravaganzen, die andere sich leisten, würde sie sich niemals erlauben. In engen Jeans oder zu tief ausgeschnittenen Blusen wird sie nie jemand sehen. Sie hat mal gehört, wie eine Kollegin sie im Gespräch mit einer anderen als „graue Maus" bezeichnet hat. Das hat wehgetan. Aber sie weiß nicht, wie sie ihr Äußeres ändern könnte. Sie fühlt sich alt und verbraucht und versucht sich einzureden, dass es in ihrem Alter, sie ist ja schon über vierzig, nur noch darauf ankommt, korrekt auszusehen. Chic muss sie doch nicht mehr sein. Wofür oder für wen denn?

Sie holt sich die Akte, die noch bearbeitet werden muss und gibt die Daten in den PC ein. Bei jeder Zahl, die sie tippt, schaut sie noch einmal in den Ordner, dann wieder auf den Bildschirm und wieder in den Ordner. Es schleichen sich ja so leicht Fehler ein. Sie kontrolliert lieber alles noch einmal und noch einmal, bevor sie ihre Arbeit als beendet betrachtet. Sie weiß, dass die anderen sehr viel lockerer sind und auch sehr viel schneller. Sie haben anscheinend keine Angst, etwas falsch zu machen. Insgeheim bewundert sie diese Kollegen um ihre Sicherheit.

Aber sind ihre Zweifel an der Richtigkeit ihrer Arbeit denn nicht auch berechtigt? Sie bekommt immer nur die einfachen und uninteressanten Aufgaben zugeteilt. Nie darf auch sie einmal an größeren Projekten mitarbeiten. Dabei hätte sie durchaus die entsprechende Ausbildung dafür. Aber sie hat sich daran gewöhnt, klagt darüber schon lange nicht mehr. Wenigstens hat sie bei einfachen Aufgaben fast die Gewähr, keine Fehler machen zu können. Aber sie spürt eben auch, dass sie von den anderen nicht richtig anerkannt wird. Wie gerne würde auch sie mal ein Lob bekommen.

Die Stunden vergehen, zwischendurch klingelt das Telefon, aber fast immer nur für ihren Kollegen. Wie nett er sein kann, wenn er mit anderen spricht. Seine Stimme bekommt plötzlich einen viel helleren, freundlicheren Klang. Seine Haltung strafft sich, aufrecht, lebhaft gestikulierend sitzt er nun auf seinem Stuhl. Zu ihr spricht er nie so, wenn er denn überhaupt einmal ein Wort an sie richtet. Umso mehr fürchtet sie aber seine Blicke von der Seite. Sie hat das Gefühl, von ihm beobachtet zu werden.

Diesen Morgen sprechen sie nicht ein Wort miteinander. Ein dicker Kloß sitzt ihr im Hals. Am liebsten würde sie jetzt heulen, aber natürlich geht das nicht. Sie würde sich damit nur lächerlich machen. Sie fragt sich, was sie falsch macht? Warum wird sie von den Kollegen nicht gemocht?

Es ist Zeit, sich für die Kantine zum Mittagessen zu verabreden. Und der Kollege greift auch schon zum Telefonhörer, um im Nachbarbüro anzurufen. Zu viert wollen sie heute in die Cafeteria gehen. Sie wird nie gefragt, ob sie mitgehen will. So macht sie sich auch heute wieder alleine auf den Weg zum Essen.

Sie huscht den kurzen Weg über den Betriebshof und verschwindet in dem Eingang des großen Hauses. Schnell holt sie sich das Essen von der Ausgabe und setzt sich an einen möglichst kleinen Tisch. Sie hofft, dass es an kleinen Tischen nicht so auffällt, dass sie alleine ist. Die großen Tische sind aber eh alle besetzt mit ganzen Gruppen von Kollegen. Keiner schaut zu ihr hinüber. Keiner grüßt sie. Sie wird gar nicht gesehen. Dabei wünscht sie sich in diesem Moment nichts mehr, als dass irgendjemand das Wort an sie richtet.

Schnell ist das Mahl verzehrt dabei bemüht sie sich immer langsam und vor allen Dingen mit tadellosen Manieren zu essen, aber dennoch hat sie immer das Gefühl, viel zu schnell fertig zu sein. Fast immer kehrt sie zu früh aus der Mittagspause zurück. Sie weiß einfach nicht, was sie mit dem Rest der Zeit anfangen soll. So alleine am Tisch zu sitzen, macht wenig Freude und ist ihr peinlich. Sie fühlt sich wie auf dem Präsentierteller, den Blicken der Kollegen ausgesetzt.

Sie geht also zurück ins Büro. Da sind noch eine Menge Daten in den PC einzugeben. Damit wird sie den Nachmittag zubringen. Irgendwann ist es dann so weit und sie kann Feierabend machen, kann endlich wieder nach Hause gehen. Sie empfindet fast so etwas wie Freude. Den Abend wird sie vor dem Fernseher verbringen. Es gibt einen dieser alten Spielfilme, die sie so gerne sieht. Sie mag diese Abende vor dem Fernseher. Sie hat dann endlich ihre Ruhe, kann die Beine hochlegen, es sich gemütlich machen, das ein oder andere Glas Rotwein trinken, auch mal einen Schnaps dazu. Und endlich hat sie dann das Gefühl, keine Angst vor dem Tag oder vor den Menschen haben zu müssen.

Ein Tag in der Laubenkolonie

Jetzt den Waldweg rein und dann die nächste Gabelung rechts ab, dann noch ein paar Meter und wir sind da. Waltraut und Otto haben in ihren Schrebergarten geladen. Die Kolonie liegt mitten im Wald. Von einer schmalen, immerhin noch gepflasterten Straße, gehen noch schmalere und unbefestigte Wege ab, an denen liegen die kleinen Häuschen. Jedes auf einem eigenen, natürlich sauber eingezäunten Grundstück. Zwischendrin immer wieder hohe Tannen. Wir dürfen unser Auto schräg vor die Einfahrt stellen, das hat Waltraut ausdrücklich erlaubt. So parken zu dürfen ist eine Auszeichnung. Das darf nicht jeder. Aber wir dürfen, wir gelten als Freunde von Waltraut und Otto und damit der ganzen Kolonie.

Die beiden haben sich ein Häuschen in einer Ansiedlung gekauft, die ehemals wohl nur aus kleinen Hütten bestand, wie sie eben so üblich sind in den Schrebergärten. Hütten gibt es immer noch, aber sie dienen nun als Geräteschuppen. Daneben steht fast immer ein mehr oder weniger imposantes Haus, stets proper herausgeputzt, gerne verziert mit Hufeisen über dem Eingang, vor den Fenstern kräuseln sich die Rüschengardinen.

Es ist Sonntag und es ist heiß, also wird gegrillt. Aber vorher wird noch Kaffee getrunken und Kuchen gegessen. Waltraut hat selbst gebacken. Sie hat eine niegelnagel neue Einbauküche zu Weihnachten bekommen. Der Tisch ist schon gedeckt, auf der Terrasse. Bis der Kaffee aber fertig ist, führen Waltraut und Otto uns um das Haus. Die Beete sind frisch angelegt, der Wasserschlauch ordentlich an der Wand des Geräteschuppens über einem Haken aufgerollt. Der Springbrunnen vor dem Haus ist noch nicht ganz zu Ende gemauert, aber Otto verspricht: "Wenn ihr das nächste Mal kommt, ist auch der fertig." Es gibt keinen Grund an seiner Aussage zu zweifeln.

Der Kuchen ist gut, ganz frischer Pflaumenkuchen mit Sahne, für jeden gibt es zwei Stück. Danach sehen die Männer das Fußballspiel und wir Frauen gehen spazieren, eine Runde durch die Kolonie und bis runter an den Badesee.

Am Badesee herrscht fröhliches Treiben. Hierher kommen auch Tagesausflügler. Sie sind laut und machen alles dreckig. Aber das Restaurant am See soll gut sein, Schnitzel mit Pommes oder Kroketten gibt es dort, und es hat das ganze Jahr geöffnet, verrät Waltraut.

Der Weg um den See und quer durch die Kolonie führt vorbei an sich seltsam ähnelnden Gärten mit Gartenzwergen darin, alle mit einem blitzblank geputzten Haus in der Mitte. An einem hängt über der Tür eine große Holzscheibe mit einer goldenen Jahreszahl darauf. Dort wohnt der Schützenkönig. Er wird auch dieses Jahr wieder ein großes Fest ausrichten. Waltraut und Otto freuen sich schon darauf. Waltraut wird natürlich beim Anrichten der Speisen helfen. Ihre Salate gelten etwas in der Siedlung.

Nach dem Spaziergang finden Frauen und Männer wieder zusammen. Die Männer entfachen das Feuer für den Grill und trinken schon mal eine Flasche Bier. Wir Frauen bleiben vorerst noch bei einem Glas Brause. Das erfrischt nach dem Spaziergang in der Sonne.

Dann trägt Waltraut die Platten auf, eine große mit Fleisch und Würsten und eine mit Salatschüsseln. Sie hat Kartoffel- und Nudelsalat und auch noch eine Erdbeerbowle gemacht. Otto stellt die Flasche mit dem Ketchup auf den Tisch. "Nun langt mal alle kräftig zu", ermuntert er uns und erzählt die Geschichten, die er schon seit Jahren zum Besten gibt, wie er damals mit dem Rad in den Badesee gefahren ist und sich den Fuß gebrochen hat oder die Geschichte vom Laubfrosch in der Küche, den er mit einem Eimer gefangen hat. Er ist ein Held. Um zehn ist Schluss, dann fahren wir wieder nach Hause.

Martin

Dunkel silbrig glitzert die Straße vom letzten Regen, auf den Gehwegen liegt buntes Laub. Die Straßenlaternen tauchen die Stadt in fahles Licht, nur die Leuchtreklamen der Geschäfte setzen strahlende Akzente an diesem Spätnachmittag. Der Herbst lässt die Abende wieder früher dunkel werden und auch kälter. An der Kreuzung kuschelt Svenja sich tiefer in ihren Trenchcoat ein, schaut nach rechts und links und überquert die Straße. Zu Hause wird sie sich eine heiße Tasse Tee kochen und noch eine Weile lesen. Sie freut sich auf einen gemütlichen Abend.

Als sie bereits auf der anderen Seite der Straße ist, hört sie das Hupen eines Autos. Sie ist sich keines Fehlverhaltens bewusst und geht weiter. Ein roter Sportwagen hält mit quietschenden Reifen, der Fahrer springt heraus. Sie dreht sich um, und sieht einen Mann aus dem Auto springen. Er lacht, hebt die Arme und ruft ihren Namen. Ihr Herz macht einen Sprung. Das kann nicht sein! Seit fast zwölf Jahren hat sie ihn nicht mehr gesehen - Martin, ihre große Jugendliebe. Mit offener Tür lässt er das Auto mitten auf der

Kreuzung stehen und kommt strahlend und mit ausgebreiteten Armen auf sie zu.

"Wo hast du all die Jahre gesteckt", fragt er und schließt sie wie selbstverständlich in die Arme. Und wie schon früher, hat sie auch jetzt wieder das Gefühl, in seinen Armen wohlig zu versinken. "Ich wohne hier", haucht sie. "Dass ich dich wieder gefunden habe", lacht er sie an. Sie schaut hoch in sein schönes, markantes Gesicht. Da ist jetzt ein Schnurrbart über dem sinnlichen Mund, die grau-grünen Augen sind noch die von damals. Eine Strähne seines dunklen Haares fällt ihm widerspenstig ins Gesicht. Mit einer lässigen Handbewegung schiebt er sie zurück. Schon damals, als sie noch mit ihren Freundinnen ins Jugendzentrum ging, sah er gut aus, war der Schwarm aller Mädchen. Auch ihrer.

Ein anderes Auto kommt, der Fahrer hupt ärgerlich und zeigt auf das auf der Kreuzung abgestellte Cabrio. Martin lacht und sagt: "Bleib bloß hier stehen und lauf mir ja nicht wieder weg." Sie kann sich nicht erinnern, ihm je weggelaufen zu sein. Er rennt die paar Schritte zum Auto, springt hinein und fährt an den

Straßenrand, eilt dann sofort wieder zu ihr. "Du siehst toll aus! Was machst du jetzt? Wann sehen wir uns? Wir müssen über so vieles reden!" Er scheint sich wirklich zu freuen, sie zu sehen. Das allein erscheint ihr wie ein Wunder. "Wir können uns verabreden", sagt sie lächelnd: "Ich bin seit einem Jahr geschieden und lebe jetzt hier in diesem Viertel". "Na, da komme ich ja gerade recht. Gib mir schnell deine Adresse. Ich bin morgen Abend bei dir", sagt er und kramt ein Notizbuch und einen Kugelschreiber aus der Brusttasche seiner Lederjacke. Immer noch ganz überwältigt, kritzelt sie den Namen der Straße auf das Papier. "Um acht bin ich da", sagt er. Noch einmal nimmt er sie in die Arme, winkt und ist auch schon wieder mit einem Satz in seinem Wagen verschwunden. Während er abfährt, winkt er noch einmal.

Wie benommen steht sie am Straßenrand. Svenja hatte Martin schon fast vergessen. Seit Jahren hatten sie sich aus den Augen verloren. Er war aus beruflichen Gründen nach München gegangen. Sie hatte Hartmut kennengelernt und dann auch ziemlich schnell geheiratet. Es war die falsche Wahl gewesen. Beide hatten sie das erkannt und sich „in beiderseitigem Einvernehmen" getrennt. So jedenfalls hatte es die Rechtsanwältin ausgedrückt. Aber es stimmte, und wirklich verbindet sie mit ihrem Ex-Mann noch immer ein Band der Freundschaft. Hin und wieder gehen sie sogar zusammen essen.

Langsam schlendert sie nach Hause, schließt die Wohnungstür auf, hängt den Mantel an die Garderobe, geht in die Küche und schenkt sich ein Glas Rotwein ein. Auf Tee hat sie nun keine Lust mehr. Mit dem Glas Wein in der Hand geht Svenja ins Wohnzimmer, zündet die Kerze auf dem Tisch an und legt eine CD ein. Sie setzt sich auf das Sofa und lässt die Gedanken zu jenen Tagen zurückwandern, in denen sie Martin kennengelernt hat. Svenja erinnert sich noch ganz genau daran, wie sie ihn das erste Mal gesehen hat.

Martin, das war die ganz große Liebe ihrer Jungmädchentage gewesen. Wie fast alle Mädchen in ihrer Clique und auch noch darüber hinaus, konnte sie sich dem Charme dieses charmanten Verführers nicht entziehen. Aber Svenja hatte kaum eine Chance. Sie war das nicht allzu attraktive, immer etwas pummelige graue Etwas zwischen all den schönen, schlanken, stets flirtenden Glitzerpüppchen. Svenja war emanzipiert, intellektuell, manchmal auch ein guter Kumpel, aber sicher nicht begehrt. Sie hatte sich damit abgefunden.

Sie war fünfzehn und durfte zum ersten Mal in das Jugendzentrum gehen. Wer dort hinging hatte das Kindsein hinter sich gelassen und wurde aufgenommen in den Kreis derer, die sich rühmten Jugendliche zu sein. Die Erlaubnis hatte sie ihren Eltern abgetrotzt. Nur widerwillig hatten die ihr Einverständnis gegeben. Sie mochten nicht glauben, dass ihre Tochter kein Kind mehr war. Mit ein paar Freundinnen ist Svenja in die Teestube des Zentrums gegangen. In dem dunklen Raum stand eine roh zusammengezimmerte Bar, drum herum einige Barhocker mit abgewetzten dunkelroten Ledersitzen. Im hinteren Teil standen Sofas um niedrige Tische. Sie saß mit ihren Freundinnen um einen der Tische, vor sich Pappbecher mit billigen rotem Lambrusco. Mehr konnten sie sich vom Taschengeld nicht leisten, aber sie alle fanden sich toll. Immerhin tranken sie überhaupt Rotwein.

Plötzlich tauchten hinter ihr zwei Gestalten auf. Die Jungen beugten sich über den Rand der hohen Sofalehne und fragten nach Peter. Svenja hatte keine Ahnung, wer Peter war. Sie sah nur zwei Jungenköpfe, eingefasst in lange Mähnen, die ihnen vor das Gesicht fielen, der eine blond gelockt, der andere mit glatten dunklen Haaren. So lange Haare trugen nur jene, die es wagten, sich gegen jede von den Eltern aufgestellte Konvention zu stellen. Jedenfalls glaubte Svenja das. Sie fühlte sich wie vom Blitz getroffen und die Welt um sie versank. Sie sah in das von dunklen Haaren gerahmte Gesicht, darin strahlend grün-graue Augen. Nie hatte sie einen schöneren Jungen gesehen. Sie war sicher, gleich dahinzuschmelzen. Svenja hatte sich verliebt.

Schon in der nächsten Woche sah sie ihn wieder. Er war Stammgast im Jugendzentrum und sie nun auch. Aber nicht nur sie himmelte ihn an, auch all die anderen Mädchen und er schien sich einen Spaß daraus zu machen, mit jeder einmal zu flirten. Eine feste Freundin hatte er nicht.

Von da an wünschte sie sich nichts mehr, als dass er sie ansprechen möge. Eines Tages war es dann tatsächlich so weit. Ihre Knie zitterten, als sie die Teestube betrat und ihn an der Theke stehen sah. Eigentlich war sie mit ihrer Freundin hier verabredet, aber die war noch nicht da. Auch er sah sie und lachte sie an: "Na, auch mal wieder hier? Komm, ich lad´ dich auf eine Cola ein." Sie wusste nicht, wie ihr geschah. Ausgerechnet sie sprach er an. Umständlich kletterte sie auf einen der hohen Barhocker und wusste dann nicht, wohin mit den Beinen. Sie war nicht groß genug, um sich mit den Füßen auf dem Absatz der Theke abstützen zu können und so musste sie ihre Beine baumeln lassen. Sie kam sich wie in dickes Kleinkind vor. Nervös knetete sie ihre Handtasche auf ihrem Schoß. Wenigstens war es ein indianischer Lederbeutel. Sie fand sich ziemlich cool damit. Aber Martin schien von all dem nichts zu bemerken. Er sah weder den coolen Beutel, noch bemerkte er ihre Unsicherheit. Oder tat er nur so? Der Junge hinter der Theke stellte zwei Pappbecher mit Cola vor sie hin Auch Martin trank Cola. "Ich darf keinen Alkohol trinken, ich bin mit meiner

Maschine hier", meinte er lässig. "Oh, du fährst Motorrad?", staunte Svenja ehrfürchtig. "Naja, erst mal nur eine kleine Kreidler. Ich bin ja auch erst siebzehn", gestand er: "Aber es stimmt schon, Motorrad fahren ist einfach geil und sobald ich achtzehn bin, kauf' ich mir eine große Maschine." Svenja war tief beeindruckt. "Komm wir setzen uns ein bisschen nach hinten, da ist es gemütlicher", meinte er und zog sie vom Hocker runter. Er führte sie in die dunkle Seitenecke des Raumes. Dort standen niedrige Sofas und die Beleuchtung war nicht einmal spärlich. Nur Pärchen saßen hier. Er setze sich in eine Ecke, streckte die Beine von sich und zog sie neben sich. Etwas schüchtern und steif saß sie neben ihm. Was sollte sie jetzt sagen? Was würde ihn beeindrucken? "Ich finde dich sehr nett", flüsterte er mit leicht belegter Stimme und zog sie sehr sanft zu sich heran. Wahrscheinlich hatte er es so in Filmen gesehen, aber es wirkte. Sie war hingerissen und sank in seine Arme.

Sein Mund berührte den ihren, seine Zunge schob sich zart zwischen ihre Lippen. Es war schön und sie war überzeugt, dass es schöner auch nicht sein könnte. Allerdings hatte sie noch nicht sehr oft geküsst. Er aber sagte: "Du küsst sehr gut." Es war zu der Zeit durchaus üblich, das Können der Partner auf diesem Gebiet zu bewerten. Seine Äußerung gab ihr Mut und so saßen sie den ganzen Abend in der schummrigen Ecke und knutschten. So hieß das damals.

Wenn sie allerdings gehofft hatte, dass sich daraus eine Freundschaft ableiten ließe, so hatte sie sich getäuscht. Er fragte sie nicht einmal, ob sie sich wiedersehen würden. Als sie um zehn nach Hause musste, die Eltern erlaubten ihr nicht, länger fortzubleiben, sagt er nur: "Du bist ja auch öfter hier, nicht wahr?". Sie aber ging wie berauscht nach Hause. Der tollste Junge, hinter dem alle Mädchen her waren, hatte sie geküsst! Zu Hause schlüpfte sie ins Bett und träumte von Martin. Noch lange konnte sie seinen Kuss schmecken, süß und fast ein wenig fruchtig, eigentlich so gar nicht männlich.

Svenja ging von nun an sehr regelmäßig in das Jugendzentrum. Nicht immer traf sie Martin dort. Seine feste Freundin war sie nicht geworden. Manchmal hatte er Zeit für sie, manchmal auch nicht. Hin und wieder gaben sich andere Mädchen als seine Feste aus. Es tat ihr weh, aber sie akzeptierte es, glaubte kein

Recht auf eigene Ansprüche zu haben. Sie nahm nur, was er ihr freiwillig gab. Viel war das nicht. Aber er hielt es ja eh nie lange mit den anderen aus. Nie hätte sie ihm gegenüber verlauten lassen, dass auch sie sich nichts sehnlichster wünschte, als seine Freundin zu sein. Das erschien ihr geradezu vermessen.

Manchmal besuchte er sie zu Hause. Seine Kreidler stellte er am Straßenrand ab, kam mit dem Helm unter dem Arm herein und verbreitete eine ungeheure Männlichkeit in ihrem kleinen Jungmädchenzimmer. Jedenfalls kam es ihr so vor. Svenjas Mutter kochte Tee, den Svenja auf einem kleinen Tablett in ihr Zimmer trug. Martin und sie saßen auf dem Bett, hielten sich gegenseitig im Arm, schmusten und redeten über alles Mögliche, planten die nächste Revolution und klagten über die blöden Lehrer. Alles, was Martin sagte, erschien ihr wichtig, richtig und unglaublich interessant. Sie genoss diese Nachmittage, umso mehr, als es davon nicht sehr viele gab.

Ab und zu lud er sie auch zu sich ein. Dann verbrachten sie den Nachmittag in seinem Dachzimmer im Hause seiner Eltern. Auch seine

Mutter kochte Tee. Er zündete Kerzen und Räucherstäbchen an und spielte Musik von Pink Floyd. Auch hier redeten sie stundenlang miteinander. An einem dieser Nachmittage in seinem Zimmer, zog Martin sie wieder zu sich heran und flüsterte ihr ins Ohr, dass er so gerne auch mal „richtig" mit ihr schlafen würde. Bisher waren sie über innigstes Streicheln nicht hinaus gekommen, obwohl er bereits Erfahrungen mit anderen Mädchen hatte, wenn auch nicht sehr viele. Sie legte die Arme um seinen Hals und gab ihm einen Kuss, so ihr Einverständnis ausdrückend. Zärtlich zog er sie auf sein Bett. Sie fielen auf die orientalische Tagesdecke. Seine Hände glitten unter ihre Bluse. Ihre Hände hielten sein Gesicht umfangen und spielten mit seinen langen Haaren. Sie küssten sich lange und intensiv. Vorsichtig begann er die Knöpfe ihrer Bluse zu öffnen und auch sie wagte sich mit ihren Händen in seinen Hosenbund, fühlte dort die samtene Härte von seinem Penis. Langsam zogen sie sich gegenseitig aus. Als er in sie eindrang, glaubte sie zu wissen, was Liebe ist. Noch lange lag ihr Kopf auf seiner Brust. Um den Hals trug er eine Kette. An einem Lederband hing eine kleine indianische Figur, sein Glücksbringer. Sie küsste sanft seine Brust und war fast glücklich.

Das Wort Liebe nahm keiner von ihnen in den Mund, es wäre nicht cool gewesen. Sie schliefen nun regelmäßig miteinander, aber seine Freundin war sie noch immer nicht. Manchmal war sie inzwischen sogar stolz darauf. Es war gerade in Mode, sich nicht zu binden.

Fast jede Woche waren sie nun verabredet, aber nicht immer hielt er sich auch daran. Wenn er nicht wie versprochen zu ihr kam, stand sie am Fenster und sehnte ihn herbei, niemals aber erzählte sie ihm, wie sehr es sie kränkte, wenn er ihre Verabredungen einfach vergaß. Sie kam sich ihm gegenüber so unbedeutend vor. Und da gab es so viele andere Mädchen, die ihn auch alle anhimmelten. Wie sollte sie mit denen konkurrieren?

Aber es gab auch Stunden, die ihn ihr sehr nahe brachten, die irgendwie davon zeugten, dass sie beide ein Stück Alltag miteinander teilten. So gingen sie einmal gemeinsam zum Zahnarzt, ein anderes Mal besuchte sie ihn im Krankenhaus. Ihm wurden die Mandeln heraus genommen. Völlig niedergestreckt lag er da in den weißen, sauberen Kissen des Krankenhausbettes. Mit schwacher Stimme forderte er etwas zu trinken. Er litt sichtlich und ließ das seine Umwelt auch wissen, es rührte an ihr Herz. Sie liebte ihn umso mehr dafür und hätte fast alles dafür gegeben, ihn pflegen zu dürfen. Aber die Schwestern bestanden auf Einhaltung der Besuchszeit. Svenja war geneigt, das gemein zu finden, andererseits schien Martin auch ganz gut ohne ihre Hilfe zurecht zu kommen. Einige der weiß gewandeten Pflegerinnen waren sehr attraktiv.

Die Jahre vergingen, und sie ging abends nicht mehr nur ins Jugendzentrum. Auch die Kneipen „im Viertel" waren nun ihr Ziel. Dort traf sich die Szene, welche auch immer. Manchmal begegneten sich Martin und Svenja zufällig in irgendeiner dieser immer dunklen und immer gemütlichen Studentenkneipen. Verabredet waren sie dort aber nie miteinander. Hin und wieder hatte er Zeit für sie und sie redeten, tranken zusammen ein Glas Wein und verbrachten den Rest des Abends gemeinsam. Aber oft hatte er auch ein anderes Mädchen im Arm. Dann zog sie sich still zurück. Niemand sollte merken, wie weh es ihr tat, vorgeführt zu bekommen, wie unwichtig sie im Grunde für Martin war. Lieber pflegte sie die Mär von der nach Unabhängigkeit strebenden Emanze, der eine so lockere Beziehung gerade recht kam, weil sie ihrerseits keinesfalls gewillt war, sich an einen Mann zu binden. Geheult wurde zu Hause.

Er war inzwischen achtzehn geworden, hatte Abitur gemacht und seinen Zivildienst abgeleistet, denn natürlich verweigerte er den Dienst bei der Bundeswehr. Aber er hatte sich ein großes Motorrad gekauft und begann eine Ausbildung bei einer großen Firma. Von dieser wurde er in verschiedene Städte geschickt. Sie sahen sich immer seltener, verloren sich aus den Augen und irgendwann hörte sie auf, ständig an ihn zu denken. Sie begann zu studieren, lernte neue Freunde kennen, auch ihren späteren Mann. Sie bekam nach einem Volontariat eine Stelle bei der örtlichen Tageszeitung. Das war zwar nicht gerade ihr Traumjob, aber sie war zufrieden damit. Die Kollegen waren nett, die Arbeitszeiten moderat und der Verdienst nicht schlecht. Sie hatte genügend Zeit, weiter ihren Hobbys nachzugehen, Sprachen zu lernen, zu reisen und sich mit Freundinnen zu treffen. Mehr erwartete sie nicht vom Leben.

Gut war ihre Ehe eigentlich nie, aber sie war auch damit zufrieden, erwartete auch in dieser Hinsicht nichts anderes. Sie lebten zusammen, stritten sich selten, gingen jeder eigene Wege. Es war nicht aufregend und sie hatte nie wieder die flatternden Schmetterlinge im Bauch, so wie es war, als sie mit Martin verabredet war. Aber sie war sicher, die Ruhe täte ihr gut und sei gesund. Bis ihr Mann eines Tages eine andere Frau kennenlernte und während des gemeinsamen Abendmahls meinte, nun mit dieser leben zu wollen. Es sei so viel aufregender als mit ihr. Noch am selben Tag zog er aus. Es tat Svenja nicht einmal besonders weh. Sie hatte ihren Mann wohl nicht genug geliebt, als dass er sie verletzen konnte. Das war nun ein gutes Jahr her und im Grunde war sie sogar ganz froh, nun wieder alleine zu leben. Sie hatte sich ganz gut arrangiert mit ihrer Situation. Ihr Beruf als Lokalredakteurin bei der Regionalzeitung machte ihr immer noch Spaß, ihre Freunde hatten nach der Scheidung zu ihr gehalten und sie oft besucht, so dass sie sich nie einsam fühlte. Sie hatte eine schöne Wohnung gefunden und diese gemütlich eingerichtet. Sie engagierte sich in der Frauenbewegung und in einer Partei, fand Spaß an der politischen Arbeit. Es ging ihr gut.

Ihre Gedanken waren wieder in der Gegenwart angekommen. Will sie diesen Mann wieder in ihr Leben lassen? Hat sie noch eine Wahl? Sie spürt, wie sie bereits wieder von ihm gefesselt ist. Er hat ihr gut gefallen. Sie erinnert sich an den Jungen von damals. Nun sind die Haare kurz und er trägt einen Schnurrbart. Der steht ihm gut. Nein, ein Junge ist er nicht mehr, aber ein sehr attraktiver Mann. Vielleicht hat er sich verändert? Sie nimmt noch einen Schluck Wein, freut sich auf den morgigen Abend mit ihm und geht ins Bett.

Svenja macht früher Feierabend, kauft eine gute Flasche Wein, eilt nach Hause, duscht und steht dann ratlos vor dem Kleiderschrank. Was soll sie anziehen? Jeans und Pullover sind zu gewöhnlich. Sie will ihn beeindrucken. Warum eigentlich? Sie entscheidet sich dann doch für Jeans, aber für die schwarzen, dazu wird sie die neue rote Bluse anziehen. Im Bauch spürt sie wieder das Kribbeln, das immer schon da war, wenn sie mit Martin verabredet war. Sie kennt es noch von früher. Es ist ein so schönes Gefühl.

Pünktlich auf die Minute steht er vor der Tür. Mit klopfendem Herzen öffnet sie. Strahlend hält er ihr einen bunten Blumenstrauß und eine Flasche Wein entgegen. Dann öffnet er die Arme und sie sinkt ihm entgegen. Lachend gehen sie hinein. Kaum einer würde vermuten, dass sie sich jahrelang nicht gesehen haben. Wie selbstverständlich lässt er sich auf das Sofa fallen. Jetzt doch etwas schüchtern, nimmt sie im Sessel gegenüber Platz, steht aber sofort wieder auf, um die Weingläser zu holen.

Nun erzähl doch mal, was du all die Jahre gemacht hast", fordert er sie auf und scheint ehrlich interessiert zu sein. Stundenlang sitzen sie so da und reden, wie sie es auch früher schon getan haben, nur dass sie jetzt von den vergangenen Jahren berichten. Sie erzählt von ihrer Ehe, von der Scheidung und ihrem Alltag. Er hat inzwischen Karriere gemacht, ist ins Management der Firma aufgestiegen, bei der er damals seine Lehre gemacht hat. Es scheint ihm sehr gut zu gehen. Geheiratet hat er nicht. Es hätte wohl auch nicht zu ihm gepasst. Die letzte Beziehung hat er gerade beendet. Und er wohnt wieder ganz in der Nähe. Erst kürzlich hat man ihn nach Hamburg versetzt. Sie kann den Gedanken nicht unterdrücken, dass man sich dann ja jetzt wieder öfter sehen könnte. Aber wie schon früher, wagt sie es nicht, ihre Wünsche auszusprechen.

Sie steht auf, schenkt ihm und sich noch ein Glas Wein ein. „Warum setzt du dich nicht zu mir auf das Sofa? Dann kann ich dich auch mal wieder in den Arm nehmen", sagt er mit leicht belegter Stimme. Ihr stockt der Atem, aber sie lässt sich auf das Sofa gleiten und sofort nimmt er sie in die Arme, gibt ihr einen ganz zarten Kuss in die Halsbeuge und flüstert: „Ich habe dich vermisst." Sie wehrt sich nicht, als er sie weiter küsst und streichelt. Es ist genau das, was sie will. „Wir sollten in dein Schlafzimmer gehen", hört sie ihn flüstern. Sanft zieht er sie hoch und führt sie ins andere Zimmer. Nur noch sich im anderen spürend, ziehen sie sich gegenseitig aus, Ihre Hand gleitet unter sein Hemd und sie fühlt die Haare auf seiner Brust, muss lächeln, denn die waren früher so zahlreich noch nicht da. Er zieht ihr die Bluse aus und bemerkt, dass sie noch immer schwarze Dessous trägt. Er mag das, immer noch. Sie entdecken sich neu und erkennen Altes wieder, verschmelzen ineinander und freuen sich an der Lust, die sie empfangen und geben. Als er in sie eindringt, glaubt Svenja eins mit ihm zu werden. Sie schreit auf vor zärtlicher Lust.

Noch lange liegen sie nebeneinander unter der Bettdecke. Es gibt so vieles zu reden, voneinander zu erfahren. Erst in den frühen Morgenstunden schlafen sie ein. Fast gleichzeitig wachen sie auf. Wieder nimmt er sie in die Arme. Noch einmal schlafen sie miteinander. Dann steht er auf, sagt am Bettrand stehend auf sie niederblickend, dass die Zeit für ein gemeinsames Frühstück leider nicht mehr reiche. Er müsse pünktlich wieder in Hamburg sein, hätte dort einen wichtigen Termin, den dürfe er nicht verpassen. Sie versteht das, so wie sie auch früher schon immer für alles Verständnis hatte. Er beugt sich hinab, setzt sich auf die Bettkante, nimmt sie in den Arm und sagt, dass er sie anrufen würde. Und sie solle doch mal nach Hamburg kommen, ihn dort besuchen. Dann geht er ins Bad, duscht, zieht sich an und gibt

Svenja noch ein Küsschen auf die Nasenspitze. Dann geht er zur Tür und ist auch schon wieder fort.

Mit einem Gefühl leichter Enttäuschung geht sie ins Wohnzimmer, setzt sich auf das Sofa. Ihr Blick fällt auf die leeren Gläser auf dem Tisch, die fast heruntergebrannte Kerze und die Flasche auf dem Fußboden. Es ist irgendwie wie früher: Sie liebt und er geht. Nicht ein verbindliches Wort von ihm. Soll sie sich darauf noch einmal einlassen?

Mit einem Seufzer steht sie auf, räumt die Gläser in die Küche, geht ins Schlafzimmer, macht das Bett, das noch seine Abdrücke trägt. Sie duscht und macht sich fertig für den Tag, sie muss in die Redaktion.

Sie widersteht in den nächsten Tagen nur schwer der Versuchung, ihn anzurufen. Und auch er meldet sich nicht. Es ist ganz so wie früher. Auch ganz wie früher, hat sie sich wieder in ihn verliebt. Aber heute ist sie nicht mehr das graue Mäuschen, sie ist sich ihres Wertes bewusst geworden. Sie weiß, dass sie eine attraktive Frau ist, dass ihr Geist geschätzt wird und sie viele Freunde hat. Trotzdem hat sie nicht gewagt zu sagen, was sie möchte und trotzdem wartet sie jeden Abend darauf, dass er sie anruft. Aber das Telefon schweigt.

Fast einen Monat später fasst Svenja dann doch all ihren Mut zusammen und ruft Martin an. „Ja, hallo, das ist aber schön. Ich habe schon so oft wieder an dich gedacht", begrüßt er sie. „Warum hast du dann nicht angerufen", kann sie sich gerade noch verkneifen zu sagen. Stattdessen sagt sie, dass sie am Wochenende ohnehin vor hätte nach Hamburg zu kommen. Das ist eine Lüge, aber sie meint, einen Vorwand haben zu müssen, um ihn besuchen zu können. Und natürlich sagt er: „Na, dann komm doch vorbei. Du kannst natürlich hier schlafen."

Ja, sie wird ihn in Hamburg besuchen und auch bei ihm schlafen und sicher auch mit ihm, aber ganz ungetrübt ist ihre Freude nicht. Er sagt, er freut sich auf ihren Besuch, aber von sich aus hätte er sie nicht angerufen. Das nagt an ihr. Sie kommt sich wie eine Bittstellerin vor, lieber wäre sie eine begehrte und geliebte Frau.

Dennoch fühlt sie Schmetterlinge in ihrem

Bauch, als sie ihre Tasche für das Wochenende packt. Im Grunde fährt sie gar nicht für ein ganzes Wochenende zu ihm, sondern nur für einen Abend und eine Nacht. Bereits am nächsten Morgen wird sie wieder nach Hause fahren. Aber es hört sich so schön an, von einem gemeinsamen Wochenende zu sprechen. Ein paar Illusionen kann sie nicht unterdrücken, wohlwissend, dass es eben doch weiter nichts als Wunschbilder sind. Aber sie gestattet sich diese. Vielleicht verliebt er sich doch noch in sie. Vielleicht entscheidet er sich eines Tages doch noch für sie. Es gibt, genau wie damals, als sie noch ein junges Mädchen war, die Träume von einem gemeinsamen Leben mit Martin. Er hat damals nichts von ihren Träumen gewusst und auch jetzt wird sie davon kein Wort sagen.

Sie setzt sich in ihr kleines Auto und macht sich auf den Weg nach Hamburg. Sie hat eine CD mit alten Songs eingelegt, romantische Lieder, die sie an längst vergangene Zeiten erinnern. Sie genießt die Fahrt. Das erscheint ihr als die richtige Einstimmung für ein Wochenende mit Martin.

Sie hat den Stadtplan genau studiert und

findet den Weg zu seiner Wohnung schnell und sicher. Am späten Nachmittag ist sie da. Er hatte gesagt, dass er in einer größeren Wohnanlage ganz in der Nähe der Alster eine Eigentumswohnung besitze. Sie hatte das zur Kenntnis genommen, mehr nicht. Aber als sie nun vor der Einfahrt steht, ist sie mehr als beeindruckt. Svenja steht vor einer Anlage, der man ansieht, dass hier nur Menschen wohnen, die nicht auf jeden Pfennig achten müssen. Hinter einem hohen Eisenzaun erblickt sie drei mehrstöckige Häuser, weiß gestrichen mit großen Balkonen. Davor eine sehr gepflegte Gartenanlage. Es scheint ihm ausgesprochen gut zu gehen.

Sie parkt das Auto am Straßenrand und klingelt. „Warte, ich komme. Du kannst dein Auto in die Tiefgarage stellen", schnarrt es durch den Lautsprecher der Gegensprechanlage. Ein paar Minuten später steht er auf der anderen Seite des Gittertores, schließt auf und nimmt sie in die Arme. „Schön dass du da bist", haucht er ihr ins Ohr. Sie gibt ihm den Autoschlüssel, damit er den Wagen in die Garage fahren kann. Nachdem er den Sitz für sich eingestellt hat und sie neben ihm sitzt, wendet er und fährt ein paar

Meter weiter in eine tiefer gelegte Einfahrt. Die ganze Anlage scheint mit einer Garage unterkellert zu sein. Sie fahren an mehreren, sehr teuren Autos vorbei, bis zu seinem zweiten Stellplatz. „Klar", denkt sie: „Hier hat jeder gleich zwei Stellplätze. Und ich bin schon froh, dass ich mir überhaupt ein Auto leisten kann"

Sie steigen aus und er führt sie durch mehrere Türen in den Hausflur. Martin schließt die Wohnungstür auf und nimmt sie noch einmal in die Arme. Svenja kuschelt sich an ihn, inzwischen etwas eingeschüchtert. Sie weiß nicht, was sie jetzt sagen soll, kommt sich plötzlich wieder wie eine graue Maus vor, die hier nicht hergehört.

Seine Wohnung ist groß, teuer aber eher spießig möbliert, findet Svenja. Neben schönen alten Möbeln steht in der Ecke eine langweilige große Couch. Die Küche ist perfekt, aber ohne eigenen Stil eingerichtet und auch die anderen Räume lassen es an Gemütlichkeit vermissen. „Wie aus dem Katalog bestellt", denkt Svenja. Sie würde so nicht leben wollen. So bieder hatte sie sich seine Wohnung nicht vorgestellt. Kühne Extravaganz hatte sie erwartet, das hätte dem

Bild entsprochen, das sie von Martin hat. „Aber ist er so, wie ich ihn mir male?", fragt sie sich, ohne sich anmerken zu lassen, was sie von seiner Wohnung hält.

„Ich dachte, wir trinken erst mal einen Kaffee und gehen dann irgendwo schön essen. Es gibt hier ganz in der Nähe einen richtig guten Italiener", sagt er und steht auch schon an der wahrscheinlich sündhaft teuren Espressomaschine in der Küche.

Den Espresso serviert er im Wohnzimmer. Sie sitzen auf dem Sofa und reden. Die alte Vertrautheit ist wieder da. Er erzählt von seinem Job, wie sehr der ihn schaffe und wie lange er manchmal im Büro sein müsse. Er berichtet von dem neuen Projekt, das seine Firma gerade in Auftrag gegeben hat. Wenn es schief ginge, würde er seinen Kopf dafür hinhalten müssen. Die Last der Verantwortung scheint ihn zu drücken. Sie versteht nicht viel von dem, was er tut, aber sie findet es schön, ihm zuzuhören. Es ist fast so, als hätte er Vertrauen zu ihr und erzähle ihr, was ihn bewege. Auch sie erzählt von ihrer Arbeit in der Redaktion, aber das ist natürlich viel weniger beeindruckend. Da geht es nie um Millionenbeträge, sondern nur darum, schnell Berichte zu liefern, die außer in ihrer Stadt, sowieso keinen Menschen interessieren.

„Komm lass uns jetzt essen gehen, danach können wir es uns hier ja noch ein wenig gemütlich machen", sagt er irgendwann und steht auch schon auf. Draußen hakt sie sich bei ihm ein. Sie findet es schön, mit ihm durch die schon fast dunklen Straßen der Stadt zu gehen. Er führt sie in ein exklusives aber doch sehr gemütliches Restaurant. An kleinen Tischen sitzen im halbdunklen Raum vorwiegend Paare. Leise erklingt Barmusik im Hintergrund. Der Kellner begrüßt Martin wie einen sehr geschätzten Stammgast. Devot und dennoch stolz, wie nur sehr gute Kellner es verstehen, verbeugt er sich auch vor Svenja und zündet dabei die Kerze auf dem Tisch an. Sie erlebt das alles wie in einem Rausch. Selten besucht sie so gute und vor allen Dingen so teure Restaurants. Die Auswahl der Speisen und des Weines überlässt Svenja Martin. Er wird es schon gut machen.

Der stilgerechte italienische Aperitif ist süß und bitter zugleich. Und schon danach hat

Svenja einen rosa Wattebausch im Hirn, wie sie es immer hat, wenn sie in glückseliger Stimmung etwas zu viel Alkohol trinkt. Zum Essen bestellt er eine Flasche Wein und eine Flasche Mineralwasser. Das Essen ist gut, aber Svenja bekommt nicht allzu viel davon mit. Sie ist jetzt in jener Stimmung, in der sie auch Pommes mit Bratwurst köstlich finden würde, Hauptsache er redet weiter und schenkt ihr noch ein Glas Wein ein. Zum Abschluss gibt es noch einen scharfen Schnaps, der im Hals brennt, aber auch herrlich schmeckt.

Wieder bei ihm eingehakt, gehen sie zurück in seine Wohnung. „Wollen wir gleich ins Schlafzimmer gehen", fragt er mit leichter Schüchternheit im Blick, die angesichts der Frage rührend auf sie wirkt. Aber sie will. Nichts will sie lieber als jetzt in seinen Armen liegen, ihn spüren, sich ihm hingeben und die Lust genießen.

Es folgen noch viele solch halber Wochenenden, in Hamburg oder bei ihr. Aber nie sagt er ihr, dass er sie liebt und auch sie spürt, dass sie so gefühlsbetonte Sätze vermeiden sollte. Mal sehen sie sich mehrere Wochenenden hintereinander, dann wieder wochenlang gar nicht. Hin und wieder wünscht sie sich, mit ihm zusammen zu leben, dann wieder ist sie froh, immer noch ihren eigenen Alltag zu haben. Im Grunde ist sie gar nicht so unzufrieden mit dieser Beziehung, manchmal sogar glücklich.

Glücklich ist Svenja während eines Spaziergangs rund um die Alster. Wieder einmal ist sie in Hamburg, aber dieses Mal wird sie nicht gleich nach dem Frühstück nach Hause fahren. Martin hatte gefragt, ob sie nicht Lust hätte, noch einen Tag bei ihm zu bleiben. Es war das erste Mal, dass sie tatsächlich ein ganzes Wochenende zusammen waren. Am Sonntagmorgen kommt sie dann auf die Idee, um die Alster zu laufen. Obwohl Martin kein leidenschaftlicher Spaziergänger ist, hat er zugestimmt und so marschieren sie bei klirrender Kälte los. Zärtlich legt er den Arm um sie und Svenja denkt, dass sie nun aussähen wie ein Paar. Auf der Hälfte des Weges kehren sie in ein kleines Restaurant ein und trinken eine heiße Schokolade. Auch dabei herrscht zwischen den beiden eine wundervolle Harmonie, Svenja schiebt ihre Hand in seine

Jackentasche, greift dort nach seiner und so gehen sie, die Hände fest umschlungen in seiner Tasche, nach Hause. Und Svenja erlaubt sich die Illusion, dass Martin doch mehr für sie empfindet, als er gemeinhin zeigt. Als sie nach Hause fährt, nimmt er sie ganz zärtlich in die Arme und meint: „Dich werde ich sicher nie vergessen." Als ob es ein Abschied ist", denkt Svenja und steigt ins Auto.

Danach hat er nie mehr Lust auf einem Spaziergang um die Alster und sie bleibt auch nie mehr für ein ganzes Wochenende in Hamburg. Ohnehin ist Martin beruflich in den nächsten Wochen so beschäftigt, dass sie sich noch seltener sehen als ohnehin schon.

Irgendwann, es ist schon fast wieder Frühling geworden, ruft sie ihn an. Ohne lange zu überlegen, sagt sie sofort nachdem er den Hörer abgenommen hat: „Kommst du am Samstag zu mir. Ich habe riesige Lust auf dich!" „Hm", druckst er herum: „Ich kann eigentlich nicht. Ich habe doch vor ein paar Monaten diese tolle Frau kennengelernt, von der ich dir erzählt habe." Svenja kann sich nicht daran erinnern, von einer tollen Frau gehört zu haben. „Sybille ist so süß und stell dir vor, sie zieht heute zu mir", hört sie ihn sagen. War sie denn blind und taub gewesen? Was war denn sie die ganze Zeit über für ihn gewesen? Erwartet er jetzt auch noch, dass sie sich für ihn freut? Sie hört nicht mehr, was er sagt, legt den Hörer auf und geht wie benommen in ihr Zimmer. Dort schmeißt sie sich aufs Bett und heult hemmungslos in die Kissen.

Mehmet lernt Martha kennen

Ich bin Martha. Eigentlich heiße ich Martina, aber schon als Kind haben meine Eltern angefangen, mich Martha zu nennen. Weil das besser zu mir passen würde, haben sie gesagt. Manchmal haben sie auch Pummelchen gesagt. Das war zwar nicht besser, passte aber auch ganz gut.

Doch ich soll ja hier nicht über mich erzählen, sondern über Mehmet berichten. Mehmet ist mein Mann. Ja, auch ich habe einen! Die in der Redaktion sagten mir, alle seien jetzt so an dieser multikulturellen Verständigung interessiert und da ich doch mit diesem Mehmet verheiratet sei, wäre es doch sehr interessant, zu erfahren, wie wir beide, also der Mehmet und ich, denn nun so zusammen leben würden. Ich wüsste das manchmal selbst gerne.

Die Leute von der Redaktion habe ich durch meine Nachbarin, die Inge, kennengelernt, so eine richtige Emanze, die immer so jung und schick tut, aber irgendwie doch ganz nett ist. Wenn sie zu mir in die Stadtbücherei, in der ich arbeite, kommt, dann reden wir auch mal ein paar private Worte, so von Frau zu Frau. Mit der

Zeit haben wir uns näher kennengelernt und aus der Nachbarschaft ist eine richtige Freundschaft geworden. Wir Frauen brauchen doch eine beste Freundin, mit einem Mann kann eine Frau schließlich nicht alles besprechen, zumindest nicht die Dinge, die eine Frau interessieren.

Mehmet fand die Idee über uns zu schreiben auch ganz gut. Von dem Geld, das es dafür gibt, will er sich einen neuen Wagen kaufen.

Meinen Mehmet habe ich auch in der Bücherei kennengelernt. Er kam eines Tages herein und fragte nach einem Buch, mit dem er Deutsch lernen könne. Dabei beherrschte er unsere Sprache eigentlich schon ganz gut. Jedenfalls ist es ihm nie schwer gefallen zu sagen, was er will. Den kleinen Akzent fand ich eher süß. Aber ich fand es toll, dass er sich weiterbilden wollte. Das hat mir sehr imponiert. Ich hab' ihm dann auch gleich ein paar Bücher herausgesucht. Als ich sie ihm gegeben habe, hat er mir ganz tief in die Augen geblickt. Ich bin ganz rot geworden unter diesem Blick. So etwas war mir ja noch nie passiert. Er hat mich dann gefragt, ob ich ihm nicht dabei helfen wolle, Deutsch zu lernen. Ich sei bestimmt eine ganz hervorragende Lehrerin und außerdem könne er sich nichts Besseres vorstellen, als von einer so schönen Frau wie mir unterrichtet zu werden. Mir ist fast das Herz stehen geblieben. Noch nie zuvor hatte mich ein Mann „schön" genannt.

Gleich für den nächsten Samstag haben wir uns verabredet. Ich habe mich extra schick gemacht und endlich auch mal die hohen Pumps angezogen, die ich mir im letzten Urlaub gekauft hatte. Er hat mich in ein türkisches Restaurant eingeladen. Zur Begrüßung überreichte er mir eine langstielige blutrote Rose. Auch das war mir noch nie passiert. Wir haben den ganzen Abend geredet. Er wollte so viel von mir wissen und konnte gar nicht glauben, dass ich schon über vierzig sei. Er meinte, ich sähe so viel jünger aus. Auch das hatte mir noch nie ein Mann gesagt, auch nicht, als ich längst noch keine vierzig war. Aber er sah auch gut aus. Und er sieht immer noch gut aus. Dunkles Haar, eine dicke Goldkette um den Hals, Ringe an den Fingern und wenn er ausgeht: immer gut gekleidet.

Es wurde ein sehr schöner Abend, zumal ich an sich ja nie viel aus dem Haus heraus komme, außer einmal die Woche in den Gymnastikverein und in die Volkshochschule. Naja, ab und an gehe ich dann auch noch mal mit einer Freundin weg. Es gibt da so einen Tanztee für Singles, den besuchten wir manchmal. Heute gehe ich da natürlich nicht mehr hin, ich bin ja jetzt verheiratet.

In den nächsten Wochen hat Mehmet immer mehr Vertrauen zu mir gefasst und mir von seinen Problemen erzählt. Er hatte keinen deutschen Pass und Angst davor abgeschoben zu werden. Er hat mich gefragt, ob ich ihn heiraten wolle, wir würden uns doch sowieso lieben. Was läge da näher als eine Hochzeit? Ich habe gleich zugestimmt. So toll ist das Leben alleine auch nicht. Immer nur Bücher sind auch nicht alles. Und wer weiß, ob noch einmal einer kommt. Also, hab´ ich nicht lange rumgefackelt und hab´ ihn mir geschnappt. Er ist dann auch gleich nach der Hochzeit bei mir eingezogen. Von dieser Feier mit all seinen Verwandten könnte ich auch so einiges berichten. Das ist nun zwei Jahre her und seitdem leben wir zusammen, jedenfalls meistens.

Sommer, Sonne, Träume

Silbern glitzert das Meer und die Sonne brennt auf meiner Haut. Es ist lange her, dass ich so am Strand gelegen habe, mit nichts beschäftigt als den Tag zu genießen. Schwierig ist einzig die Entscheidung zwischen einem Bad im kristallklaren Wasser oder einem Eiskaffee an der Strandpromenade. Oder soll ich mich noch einmal mit Sonnencreme einreiben und noch ein paar Seiten lesen? Mich wohlig rekelnd, entscheide ich mich dafür, noch eine Weile in der Sonne liegen zu bleiben und gar nichts zu tun. Meine Gedanken wandern zu dem jungen Töpfer, bei dem ich gestern die schönen Keramikarbeiten gesehen habe. Ich verliere mich in Tagträumen, stelle mir vor, diesem Mann noch einmal zu begegnen, dieses Mal am abendlichen Strand: Ich schaue in seine dunklen glutvollen Augen, seine schönen kräftigen Hände ergreifen die meinen. Sanft zieht er mich zu sich heran, sein Gesicht kommt näher, sein Mund berührt meinen. Zärtlich öffnet er mit seiner Zunge meine Lippen. Das Spiel der Liebe beginnt, wir fühlen und schmecken einander, begehren und werden begehrt, noch nicht wissend, wo das

Spiel enden wird. Seine Hände tasten sich weiter vor, werden fordernder...

"Ice cream, ice cream, special price!!!", der Ruf des Eismannes reißt mich aus meinen Träumen. Ich gönne mir ein großes Schokoladeneis in der Waffeltüte. Die erfrischende Kühle im Mund zu spüren ist wunderbar. Während ich am Eis schlecke, wandert mein Blick zum Strand. Dort entdecke ich meinen schönen Töpfer, realer und faszinierender als in meinen eben geträumten Bildern. Mit der erotischen Eleganz und Geschmeidigkeit einer Katze kommt auf mich zu, bleibt vor mir stehen, setzt sich neben mich, schaut mir in die Augen und das Spiel der Liebe beginnt...

Marius

Endlich ist es so weit, ich habe eine neue Wohnung gefunden, die ich mir von meinem oft recht mageren Salär als freie Journalistin leisten kann. Lena will den Umzug für mich organisieren. Sie ist meine beste und unglaublich praktisch veranlagte Freundin, was nicht verwunderlich ist, denn sie ist Maschinenbauingenieurin. Diese Menschen sind immer praktisch geprägt, sie können Wohnungen renovieren und Nägel in die Wand hauen, ohne dass hinterher die Wand neu verputzt werden muss. Lena ist ein Musterbeispiel für diesen Typus Mensch. Dafür berate ich sie, wenn sie wieder einmal nicht weiß, was sie anziehen soll, wenn sie einen wichtigen Termin hat. Das ist ein faires Geschäft.

Und nun steht sie mit zwei ihrer Kollegen vor der Tür. Ein blasser Blonder, der gleich losmarschiert und Kisten in den Transporter schleppt. Lena dirigiert ihn. Er gehorcht. Das scheint er so gewohnt zu sein. Und dann ist da noch ein großer dunkelhaariger Typ, etwas schüchtern schaut er drein. „Ich bin Marius", stellt er sich vor und reicht mir die Hand. „Etwas zu jung", stelle ich bedauernd fest und betrachte die schöne Wangenpartie mit dem Dreitagebart. Etwas bieder in Jeans und Hemd steht er vor mir. „Wahrscheinlich zieht Mutti ihn an", denke ich.

Aber erst einmal geht es darum, meine Habseligkeiten von einer Wohnung in die andere zu bekommen. Irgendwie wird der Transporter auch voll und in der neuen Wohnung steht schon bald alles an seinem Platz. Nur das Bett muss noch aufgebaut werden, aber auch da zeigen sich Sascha und Marius äußerst begabt. Sascha, so der Name des blonden Kollegen von Lena, nehme ich allerdings gar nicht richtig wahr, so sehr gleitet mein Blick immer wieder zu Marius und in seine dunklen Augen. Ihm geht es aber ähnlich, das macht die Sache weniger peinlich.

Endlich ist das Bett aufgebaut und Sascha verabschiedet sich. Er muss nach Hause. Lena und Marius wollen noch auf einen Kaffee bleiben. Die Kaffeemaschine in der Küche ist schon seit Tagen einsatzbereit und so setzen wir uns mit Bechern voll Kaffee um den Esstisch, der auch schon aufgebaut ist. „Gemütlich wird es hier bald aussehen", denke ich.

„Musst du nicht zu deiner Frau? Lucy wartet doch bestimmt auf dich, sie wird sicher gleich anrufen, wie immer", wendet sich Lena an Marius. „Nee, ich hab ja gesagt, dass ich mit dir einen Umzug mache", kommt es leicht genervt von ihm. Dann klingelt sein Handy und seine Frau fragt doch nach, wann er gedenke nach Hause zu kommen. „Siehste, sag ich doch", raunzt Lena ihn an und meint weiter, dass er seine Frau immer einfach zu Hause sitzen lasse und sich ohnehin viel zu wenig um sie kümmere. „Du weißt doch, wie Lucy ist", sagt sie und schaut ihn vielsagend an. Ich begnüge mich damit, die Szene zu beobachten, einerseits enttäuscht darüber, dass es überhaupt eine Frau an seiner Seite gibt und dann auch gleich noch eine Ehefrau. Andererseits vernehme ich mit Vergnügen, dass es in dieser Ehe offenbar nicht zum Besten steht.

Lucy ist Amerikanerin und ihre Eltern sollen eine Menge Geld haben, erfahre ich, denn er scheint über seine Ehe reden zu wollen, Lena kennt das schon. Kennengelernt haben sich die Beiden im Studentenwohnheim, als sie für ein Jahr in Deutschland war. Daraus ist dann offensichtlich mehr als nur ein Jahr geworden.

Sie soll ihn über alles lieben, er sie anscheinend weniger, aber das kann täuschen. Sie sei froh, überhaupt noch einen Mann abbekommen zu haben. Dort, wo sie herkommt, ist es wichtig, eine Ehe zu führen. Das puritanische Amerika ist ihre Heimat, der Biblebelt, weit entfernt vom liberalen New York oder San Francisco. Lucy hat sich auch nach vier Jahren noch immer nicht hier eingelebt, hat nur wenig Freunde und vernachlässigt ihr Studium. Sie träumt stattdessen von der perfekten amerikanischen Ehe, die es bestenfalls mal in den fünfziger Jahren des letzten Jahrhunderts gab und auch damals wohl nur im Kino. Die nette Ehefrau versorgt den Haushalt, der brave Mann beschützt sie und schafft das Geld heran. Diese Version von Lucys Vorstellungen, bezüglich einer Ehe bekomme ich später von Lena zu hören.

Lucy aber muss immer wieder ihre Eltern um Geld bitten. Bei Marius klappt es mit der Karriere nicht so richtig. Die Eltern zahlen anscheinend auch mehr oder weniger bereitwillig. Ihr Baby soll es gut haben im fernen Deutschland.

Gut hört sich das in meinen Ohren nicht an. Ist der hübsche Junge etwa ein elender Schmarotzer, der auf Kosten seiner vermögenden aber weltfremden Frau lebt? Attraktiv ist er dennoch und seine etwas scheue Art spricht mich an. Schließlich will ich ihn nicht heiraten. Was also sollte er mir antun können, was ich nicht will? Ich bin schließlich eine, wenn auch nicht mehr ganz junge, so doch selbstbewusste Frau, die genau weiß, was sie will, bin ich noch überzeugt.

Aber es ist spät geworden und Lena und Marius brechen auf, nicht ohne die Versicherung, dass man sich freuen würde, sich schon demnächst mal wieder zu sehen. Das geschieht auch schon bald, denn bereits zwei Tage später klingelt es an meiner Tür und durch die Sprechanlage sagt eine Männerstimme: „Hier ist der Bettenbauer, lässt du mich rein?". Na klar lasse ich ihn rein und koche Cappuccino, den ich in viel zu großen Bechern auf den Tisch stelle. Die Tasse mit beiden Händen umklammert höre ich ihm zu. Er kommt gerade von einem Vorstellungsgespräch, denn er sucht einen neuen Job. So sitzt er mir denn auch in grauem Anzug mit Krawatte gegenüber. Gut sieht er darin aus und sogar ein wenig erwachsen, fast wie ein richtiger Mann. Er ist ein, wenn auch nicht gutbezahlter, so doch immerhin hochtalentierter Elektroingenieur, wie Lena mir erzählt hat, und wird sicher bald etwas finden. Er will mehr Geld als in seinem jetzigen Job, denn er gibt Geld gerne aus. Es muss immer der neuste PC sein und auch andere technische Spielereien finden seinen Gefallen und den Weg in seine Tasche. Leider neigt er zum Chaos, wie wohl viele hochtalentierte Menschen, so dass die Wohnung von Lucy und Marius zwar mit allem technischen Schnickschnack vollgestellt ist, er aber nie etwas wiederfindet. Auch das erfahre ich von Lena.

So gut allerdings ist das Bewerbungsgespräch nicht gelaufen. Er ärgert sich darüber. Warum er sich nicht bei seiner Frau ausspricht, verrät er nicht. „Die weiß gar nichts von der Bewerbung", sagt er. Aber es tut ihm gut, mit mir darüber reden zu können, überhaupt hätte er das Gefühl, mit mir über alles reden zu können. Ich fühle mich geschmeichelt, würde aber gerne nicht nur reden. Aber zu mehr scheint er heute nicht aufgelegt zu sein, denn nach gut drei Stunden und zwei weiteren Cappuccinos geht er, verspricht aber, sich bald mal wieder zu melden.

Lena ruft nur wenige Tage später an, ob ich Lust hätte, mit zum Italiener zu kommen, sie träfe sich dort mit ein paar Leuten. Ja, warum nicht? Ich habe eh nichts anderes vor. Zu den „anderen Leuten" gehört offensichtlich auch Marius, stelle ich fest, als ich die Tür öffne und ihn neben Lena am großen runden Tisch in der dunklen Ecke sitzen sehe. Auch Franka, Jens und Marita sind da aber ich sehe zu, dass ich neben Marius zu sitzen komme. Zum Glück ist der Stuhl neben ihm leer. Er strahlt mich an und meint: „Schön, dass du dich zu mir setzt". Das klingt gut, finde ich. Viel mehr Worte allerdings wechseln wir nicht. Zwar ist die Unterhaltung am Tisch lebhaft, aber er zieht es vor zu schweigen. Große Reden scheinen nicht sein Ding zu sein. Auch gut. Der Abend wird spät und alles drängt zum Aufbruch, ohne dass sich zwischen Marius und mir irgendetwas ereignet hätte. Als wir noch alle zusammen draußen vor dem Lokal stehen, wechseln wir noch ein paar Abschiedsworte, Jens nimmt mich in den Arm, Franka auch, Lena sowieso. Marius und ich stehen voreinander, er trippelt von einem Fuß auf den anderen, druckst herum und gibt mir dann die Hand. „Schade", denke ich und bedauere, nicht aktiver oder forscher gewesen zu sein. Da habe ich eine Chance vertan.

Nur drei Tage später ruft Lena mich abermals an, sie würde mich gleich auf einen Kaffee besuchen, Marius käme auch mit, er wolle das so. Sie will kleine Geschenke packen für ihre neue Freundin, wir könnten ihr dabei helfen. Sie ist frisch verliebt und will der Angebeteten mit vielen kleinen Päckchen, alle an eine Kette gebunden, ihre Liebe beweisen oder sie symbolisch anketten. Also rauschen die Beiden mit Tüten voller buntem Papier, Süßigkeiten und kleinen Kinkerlitzchen bei mir an. Kaffee steht schon auf dem Tisch. Es wird ein lustiger Abend. Wir kleben, basteln und naschen die Hälfte der Süßigkeiten, nicht ohne dafür von Lena Schimpfe zu bekommen, denn schließlich will sie ihre neue Liebe von ihren Qualitäten überzeugen, nicht uns. Marius´ Frau sitzt an diesem Abend, wie so oft, alleine vor dem Fernseher zu Hause, während er sich mit Freunden vergnügt. Sie ist nur selten dabei, dabei spricht sie sehr gut Deutsch, hat also keine Probleme sich zu verständigen. Immer öfter treffen sich unsere Blicke, mehr passiert nicht. Leider, denn inzwischen ist mir diese amerikanische Frau ziemlich egal, auch ich kann egoistisch sein. Die Zeit vergeht schnell und Lena drängt zum Aufbruch, aber er will noch bleiben, traut sich dann aber doch nicht und folgt Lenas Aufforderung, nun endlich zu gehen, sie hat ihre Päckchen gepackt oder von uns packen lassen, was der Freundin wohl ziemlich egal sein wird, sie weiß ja nicht, wie sehr wir an der Herstellung der Liebesgaben beteiligt waren. Aber eigentlich spielt das auch gar keine Rolle.

Wieder einige Tage später ruft er mich an. Er druckst ein wenig herum und fragt dann, ob wir uns nicht mal treffen könnten, essen gehen oder so. Seine Frau sei in die USA geflogen und er so alleine. Aha, denke ich, nun kommt er zur Sache, er nutzt es aus, wenn seine Frau nicht da ist. Wie klassisch! Machen es nicht alle Männer so? Oder jedenfalls, diejenigen die ihre Frauen betrügen? Aber ich sage zu, denn einen netten Abend mit diesem jungen Mann, oder auch etwas mehr, kann ich mir gut vorstellen und außerdem habe ich eh gerade nichts Besseres vor.

In zwei Stunden will er mich abholen. Also renne ich zum Kleiderschrank und reiße heraus, was mir passend erscheint, natürlich ist nichts dabei, wie immer in solchen Situationen. Ich entscheide mich für einen schwarzen Pullover zur schwarzen Jeans, inzwischen wohlwissend, dass er auf Schwarz steht, irgendwie auch wie jeder Mann. Vorsichtshalber ziehe ich auch die teuren schwarzen Spitzendessous an, man weiß ja nie...

Pünktlich steht er vor der Tür. Wir gehen wieder zum nahen Italiener, er bestellt Pizza ohne Käse, denn den vertrüge er nicht, erklärt er mir. „Pipelig im Essen ist er also auch", denke ich wenig begeistert. Dann erzählt er abermals von seiner Ehe und wie unglücklich er darin sei. Das muss er wohl sagen, sonst hätte das Treffen mit mir ja keinen Sinn. Er erzählt, wie seine Frau ihn eigentlich überrumpelt hätte, irgendwie zur Ehe fast gezwungen habe, in den USA sei das gewesen, ihre Eltern hätten alles bezahlt, ohnehin seien die sehr großzügig. Er selbst komme aus einer wenig liebevollen Familie, er hätte eine Stiefmutter, die er verabscheue, aber die Familie seiner Frau gäbe ihm Halt, auch deshalb sei er noch verheiratet. So ganz wohl ist mir bei all diesen Schilderungen nicht. Es klingt schon ein bisschen nach Schmarotzertum. Aber andererseits will ich ihn ja nicht heiraten, sondern ein oder zwei nette Nächte mit ihm verbringen, rede ich mir ein. Und mich wird er nichts ausnutzen können, ich habe kein Geld und schon gar keinen Papa im Hintergrund, der bereit wäre, ihn zu finanzieren.

Spät am Abend und mit einigen Gläsern Rotwein im Bauch, fährt er mich nach Hause. Er hat nur ein alkoholfreies Bier getrunken, da ist er konsequent. Wenn er getrunken hätte, würde er niemals Auto fahren, versichert er mir. Vor der Tür überkommt mich der Mut und ich hauche ihm ein klitzekleines Küsschen auf die schöne Wange und springe so schnell es geht aus dem Wagen. Später gesteht er mir, dass er das unglaublich aufregend gefunden habe und wie benommen im Wagen sitzen geblieben sei. „Ja, dann hätte er ja auch noch herein kommen können und wir hätten eine schöne Nacht zusammen verbracht!", geht es mir durch den Kopf. Aber irgendwie scheint es mit diesem Mann nie zum Wesentlichen zu kommen. Ist er seiner Frau vielleicht doch treu? Und so schlüpfe ich aus den verführerischen Dessous und alleine unter die Bettdecke.

Schon am nächsten Abend steht er wieder vor meiner Tür, zwei Flaschen Wein unter dem Arm. „Aha", denke ich: „dann wird er ja wohl hier schlafen wollen, schließlich fährt er ja nicht Auto, wenn er etwas getrunken hat." Hat er doch so gesagt. Spannung steigt in mir auf und Erwartung auf das, was kommt. Aber erst einmal fragt er, ob ich den Tisch decken könne, er hätte auch noch etwas vom Griechen mitgebracht. Und so genießen wir bei trockenem Rotwein eine leckere und riesige mediterrane Platte. „Mit so vollem Bauch ist an Sex eigentlich gar nicht mehr zu denken", argwöhne ich. Und so reden wir denn erst einmal wieder über alles Mögliche, vor allem über seine Frau. Seine Ehe scheint ihn zu belasten. „Na, denn lass dich doch scheiden", denke ich, sage es aber nicht.

Schließlich ist es spät geworden und wir sind auch schon von den Stühlen am Esstisch auf das wesentlich gemütlichere Sofa gewandert, sitzen nah beieinander. Ich spüre seine Wärme neben mir, die Beine berühren sich wie zufällig. „Du kannst hier schlafen, wenn du willst", biete ich ihm an, „schließlich hast du ja Wein getrunken und da kannst du doch nicht mehr Auto fahren", lächle ich ihn so verführerisch wie irgend möglich an. Irgendwie muss dieser hübsche junge Mann doch ins Bett zu kriegen sein. „Ja, wenn ich darf, dann bleibe ich hier", kommt es ziemlich kleinlaut aber willig von ihm. „Geh vor, ich komm gleich nach" sage ich und will ihm damit die Chance geben, sich ungeniert schon mal hinzulegen und auch mir will ich Zeit geben, denn ich werde den Eindruck nicht los, dass seine Schüchternheit nicht nur gespielt ist und zum Teil wenigstens auch Unerfahrenheit ist. Dabei ist er doch verheiratet... Immerhin verschwindet er in Richtung Schlafzimmer, während ich mich anstandshalber daran mache, ein paar Sachen in die Küche zu räumen. Ich will wenigstens den Anschein wahren, als hätte ich noch etwas zu tun. Hand in Hand gemeinsam ins Schlafzimmer zu gehen, ist noch nicht möglich. Nicht mit diesem Mann.

Wenige Minuten später aber habe ich ein fast durchsichtiges Hemd an und schlüpfe zu Marius unter die Decke. Jetzt liegt es wohl an mir, die Initiative zu ergreifen. Ich kuschle mich an ihn und schon kommt es zu unserem ersten Kuss. Das kann er. Ganz langsam beginnen wir uns zu streicheln, werden fordernder und heftiger, aber viel Erfahrung hat mein schöner Marius wohl wirklich nicht aber dafür entdecke ich meine Lust am Lehren. Das ist mal eine ganz schöne Rolle. Ich streichle ihn und führe seine Hand an die Stellen, an denen ich sie jetzt spüren möchte. Lehren geht auch ohne Worte. Irgendwann liegt er erschöpft und glücklich lächelnd in meinen Armen, eigentlich sonst immer die Rolle der Frau, also meine. Aber so herum ist es auch nett. Ich fühle mich stark und begehrenswert mit einem so jungen Mann an meiner Seite. Die fünfzehn Jahre Altersunterschied stören jetzt gerade gar nicht. „Junge Männer sollte es für ältere Frauen auf Krankenschein geben", denke ich, sie halten jung.

So genau muss er es mit seiner Arbeitszeit nicht immer nehmen und wir können am nächsten Morgen in aller Ruhe zusammen frühstücken. Ich decke den Tisch, frage, was er denn gerne trinken möchte, schenke ihm Tee ein und reiche ihm den Brotkorb. Mir gefällt das und ich merke nicht, wie ich in eine Falle tappe. Ich beginne ihn zu versorgen, mich zu kümmern. Viel fehlt nicht, und ich würde ihm auch noch ein Brot für die Arbeit schmieren. Wo bleibt meine sonst immer so hochgeschätzte Unabhängigkeit? „Kommst du heute Abend zu mir, dann können wir zusammen kochen", fragt er und ich willige ein.

Da bin ich dann also abends in der Wohnung meines verheirateten jungen Geliebten. Ganz wohl ist mir nicht dabei. Überall sind die Spuren seiner Frau zu finden, kein Wunder, es ist schließlich ihre Wohnung, ihr Heim. Ich dringe in eine Welt ein, zu der ich nicht gehöre und zu der ich eigentlich keinen Zutritt habe. Wie eine spionierende Verräterin komme ich mir vor und bin es wohl auch. Ich werfe Blicke in Bereiche, die mich nichts angehen, sehe ihre Hornhautsalbe gegen rissige Fußsohlen im Badezimmer und ihre Pillendose mit Appetitzüglern in der Küche. Würde ich denn wollen, dass eine fremde Frau diese Dinge in meiner Wohnung zu Gesicht bekommt, die zudem noch gerade dabei ist, mir meinen Mann zu stehlen? Ja, ich dringe in ihren ureigenen Bereich ein und füge ihr damit eine tiefe Verletzung zu, von der sie zu diesem Zeitpunkt noch gar nichts ahnt, das macht die Sache nicht besser und ich schiebe derartige Gedanken denn auch lieber beiseite.

Bieder sieht es hier aus, die Wohnung ist von

Lucys Eltern eingerichtet worden. Eine große Sofa- und Sesselecke nimmt fast den ganzen Raum des typischen Sozialbau-Wohnzimmers ein. Sozialer Wohnungsbau in einer Platenbausiedlung. „Das ist eine Wohnform, die Lucys Eltern gar nicht behagen dürfte", denke ich. In der kleinen Küche finden sich gleich zwei Kühlschränke, Lucy isst eben gerne. Das Schlafzimmer ist bis unter die Decke vollgestopft mit Schränken, Kisten und Kartons. Ist Lucy eine Messie? Oder ist sie kaufsüchtig? Stillt sie ihr Heimweh mit Dingen, die sie an ihre Heimat erinnern?

Im Ehebett schlafen will ich nicht, dort hätte ich zu sehr das Gefühl, Lucy läge neben mir, wir bauen uns also ein Nest auf der großen Schlafcouch im Wohnzimmer. Frühstücken können wir dort morgens noch in die Bettdecken gekuschelt, so brauchen wir in der Früh nicht groß aufräumen. Wir leben ganz für die Liebe, nicht für einen vorzeigbaren Wohnstil.

„So ist es also, wenn man mit einer erfahrenen Frau schläft", sagt er nach dem Sex und schaut mir glücklich in die Augen. Ich nehme das als Kompliment. Ja, der Sex ist auch hier gut.

Am nächsten Morgen fahre ich nach Hause, dusche und widme mich meiner Arbeit, abends fahre ich wieder zu ihm, wir kriechen sofort in unser Kuschelnest.

So geht das fast drei Wochen lang. Schließlich muss er viel aufholen auf dem Gebiet Sex, Flirt und so weiter. Und ich gebe bereitwillig Nachhilfestunden. Der Sex wird denn auch von Tag zu Tag besser, obwohl ich stets glaube, eine Steigerung sei doch fast nicht mehr möglich und ich fühle mich begehrt und jung wie schon lange nicht mehr. Zwar scheine ich mich um sein sonstiges Wohl nicht ganz so gut zu kümmern wie er es von Lucy gewohnt ist, aber er deutet das nur einmal ganz kurz an und holt sich das Pausenbrot dann in der Kantine. Lucy hat sogar für die Zeit ihrer Abwesenheit vorgekocht und ihm Plastikdosen mit seinen Lieblingsgerichten, nummeriert und datiert für jeden Tag, ins riesige Gefrierfach gelegt. Aber noch scheint er nichts zu vermissen und verzichtet sogar auf die so sorgfältig vorbereiteten, natürlich selbstgemachten, Frühlingsrollen und Hamburger, der Sex ist im Moment noch wichtiger. Ich ahne, dass sich das ändern könnte.

Lucy allerdings scheint auch aus der Ferne sich um ihn oder den gemeinsamen Haushalt zu sorgen. Alle zwei Tage kommt ein großes Paket von ihr an, dass er bei der Post abholen muss. Sie schickt alle erdenklichen Haushaltsutensilien, als sei Deutschland ein Entwicklungsland, in dem es nichts zu kaufen gäbe. Amerikanische Delikatessen, alle richtig schön kalorienreich; Klarsichtfolie, die dicker ist als die hiesige; auch Medikamente, die hier verschreibungspflichtig sind und diverse Süßigkeiten schickt sie. Die Transportkosten sind wahrscheinlich höher als der Wert der Waren. Aber es sind amerikanische Dinge und vielleicht lindert das Vorhandensein dieser Sachen ihr Heimweh oder auch ihre Einsamkeit, ihre Enttäuschung. Außerdem wird all das von ihren Eltern bezahlt. Einen dicken Scheck wird sie auch noch mitbringen, wenn sie wiederkommt, was von mir aus noch eine halbe Ewigkeit dauern kann.

Aber die Zeit rückt weiter voran und irgendwann wird Lucy wieder vor der Tür stehen. Aber erst einmal steht Lena vor meiner und beschwert sich, dass ich so lange nichts habe von mir hören lassen. „Ich war immer mit Marius zusammen", gestehe ich. „Du könntest seine Großmutter sein", kontert sie, womit sie zwar nicht ganz Recht hat, so groß ist der Altersunterschied denn doch nicht, aber die Richtung stimmt. Wir gehen am Abend alle zusammen essen und Lena gibt anschließend zu, dass wir „irgendwie doch ein recht schönes Paar sind", wobei mir nicht ganz klar ist, wie sie das meint. So drückt sie sich normalerweise nicht aus. Aber sie sagt, dass sie uns beide möge und uns viel Glück wünsche.

Nach sechs wunderschönen Wochen im Kuschelbett ist es dann so weit und Lucy kehrt zurück. Wir reden nicht viel darüber, beenden wollen wir unsere Beziehung nicht, ich spüre aber, dass ich mehr möchte als ihn nur hin und wieder mal sehen. Ich bin also in die Falle getappt und habe mich verliebt. Es fällt mir schwer, dass vor mir selbst zuzugeben. Aber auch er liebt mich, sagt er. Marius wird mit seiner Frau reden und will mit mir zusammen bleiben, schwört er. Aber er meint auch, dass es Zeit brauchen würde, er müsse den richtigen Moment abwarten. Sagen das nicht auch alle Männer ihren Geliebten? Zunächst aber räumen wir gemeinsam die Wohnung auf, verwischen die Spuren unseres Liebeslebens. Das

Kuschelbett wird zusammengeräumt, die Bettwäsche muss gewaschen und getrocknet und natürlich wieder anständig in den Schrank geräumt werden und die Tasse, aus der ich morgens meinen Cappuccino getrunken habe, wird sauber abgewaschen wieder in den Küchenschrank gestellt. Mich gibt es jetzt nicht mehr in dieser Wohnung, es ist wieder Lucys Platz.

Als der Tag von Lucys Rückkehr da ist, steht er nach Feierabend vor meiner Tür. Er hat Lucy nicht vom Flughafen abgeholt, will erst später am Abend nach Hause, Marius will erst noch ein paar Stunden mit mir verbringen. Lucy hat eine SMS bekommen, dass er im Büro so viel zu tun hätte. Ich stelle mir vor, ich würde nach einer so langen Reise alleine auf dem Flughafen stehen und von meinem Mann nicht abgeholt werden. Was wird sie fühlen, wenn sie begreift, dass ihr Mann lieber im Büro sitzt als sich mal freizunehmen und sie nach einer so langen Trennung in den Armen zu halten? Wie einsam und verletzt muss sie in diesem Moment sein? Aber noch bin ich egoistisch genug, um meinen Triumpf auszukosten: Er ist bei mir und nicht bei ihr! Ich bin ihm wichtiger als sie! Es ist ein schmutziger Sieg.

Aber natürlich kehrt er spät abends dann doch heim zu ihr. Später wird er mir erzählen, dass Lucys Koffer voll mit Geschenken waren: neue Kleidung für Marius und für sie, auch einen neuen Laptop hat sie ihm mitgebracht; einen, den er sich schon lange wünschte. Und natürlich kocht sie ihm wieder seine Lieblingsgerichte und morgens bekommt er wieder seine Stullen mit zur Arbeit. Mutti ist wieder da. Wann hat Lucy eigentlich die Frau in sich verloren? Hat er sie nie begehrt? Muss sie sich seine Liebe über die Dienste einer Mutter erwerben? Oder gibt es Bereiche, von denen ich nichts weiß, die ihn aber an sie binden? Was wissen Geliebte denn von der häuslichen Welt der Männer, die sie in der Hauptsache nur im Bett kennen?

Aber Marius hat Blut geleckt und will mehr als einen fürsorgenden Mutterersatz neben sich. Er braucht jetzt auch eine Geliebte, das bin ich. Mutter und Geliebte in einer Person – das kann er nicht verbinden, und so bleibt mir die Rolle der Mätresse, Lucy die der Mutter. Vor Lucy verheimlicht er mich, es hätte sich noch keine Gelegenheit zum Reden ergeben, sagt er. „Aber am Wochenende rede ich mit ihr", verspricht er. Dabei ist Lucy nun schon fast eine Woche wieder hier. Ahnt sie denn wirklich nichts? Jeden Abend ist er bei mir. Glaubt sie ihm die vielen Überstunden? Würde ich ihm glauben, wenn ich an ihrer Stelle wäre? Wie wäre es denn überhaupt, wenn ich ihren Platz einnähme? Würde er dann mich betrügen? Wäre dann ich für die Butterbrote zur Arbeit und die schmutzigen Socken zuständig? Will ich das?

Das Wochenende naht und er hält Wort, er redet mit seiner Frau. „Für sie bricht eine Welt zusammen", berichtet er später. Das kann ich sogar verstehen, so viel bedeutet es ihr, verheiratet zu sein, eine glückliche Ehe zu führen, auch wenn das Glück nie ganz echt ist. Es zählt das Bild nach außen, nicht das, was hinter der Fassade geschieht - ganz nach amerikanischem Vorbild. Die Tränen fließen, sie beschwört ihn, bei ihr zu bleiben, es noch einmal miteinander zu versuchen. Wahrscheinlich hat sie auch Angst vor dem, was für sie ein Scheitern ist, eine kaum zu ertragende Blamage, wohl auch eine Demütigung: die Trennung vom Ehemann. Ihr ganzes Selbstwertgefühl hängt an dieser Ehe. Was hat sie denn noch, wenn ihre Ehe fehlschlägt? Als sie hört, dass ihre Rivalin auch noch etliche Jahre älter ist als sie, kann sie all das noch viel weniger verstehen. Nichts entspricht den gängigen Klischees. Wie soll sie damit fertig werden? Heulend schmeißt sie sich in seine Arme, aber er fährt ihr nur kurz über den Kopf und sagt, dass er jetzt zu mir ginge. Er habe sich eben verliebt und daran könne sie auch nichts ändern. Jedenfalls hat er es so berichtet. Dann hätte er ein paar Sachen in seine Sporttasche geschmissen und sei zu mir gefahren.

So ganz wohl ist mir nicht, als er mir all das erzählt, zumal ich gar nicht mehr so ganz hundertprozentig davon überzeugt bin, dass ich mit Marius zusammen leben möchte. Mir wird etwas klamm ums Herz, als ich seine vollgepackte Sporttasche sehe. Was will ich eigentlich?

Wir sitzen auf dem Sofa, wieder jeder mit einer Tasse Cappuccino in der Hand und schweigen, wahrscheinlich wissen wir beide nicht so recht mit der Situation umzugehen. Doch schon wenig später klingelt sein Telefon. Lucy ist dran, sie gibt nicht auf, sie kämpft um ihn. Sie sagt, sie würde ihm alles verzeihen, wenn er nur zu ihr zurückkäme und fragt, was sie denn künftig anders machen solle, was sie bisher falsch gemacht hätte? Auf die Idee, dass auch er etwas anders machen könnte, scheint sie gar nicht zu kommen. Aber er will bei mir bleiben, erklärt er ihr, wenn auch mit nicht ganz fester Stimme.

In dieser Nacht schlafen wir nicht miteinander. Stumm liegen wir nebeneinander, beide nicht ganz froh. Er überlegt sicher, ob er wirklich sein bequemes häusliches Glück gegen ein Leben an meiner Seite eintauschen soll und ich, ob ich wirklich einen Teil meiner Unabhängigkeit aufgeben will? Sagen tut er das natürlich nicht. Und ich bin verliebt, aber vielleicht sind meine Gefühle für ihn nicht tief genug, um mein ganzes Leben umzukrempeln. Die Stunden mit ihm sind schön, aber einen richtigen Alltag haben wir bisher noch nicht zusammen verbracht. Wir sind in ein kuscheliges Liebesnest geflohen. Vielleicht ist das immer so am Anfang einer Liebe, aber erst wenn man dieses Nest verlässt, wird deutlich, wie belastbar eine Beziehung ist und auch, ob es überhaupt Gemeinsamkeiten gibt.

Schon am nächsten Abend ruft Lucy wieder an, sie klagt über Probleme mit ihrem PC, da muss er natürlich helfen und fährt zu ihr. Ziemlich dämlich sitze ich zu Hause herum und fühle mich wahrscheinlich so ein wenig so wie Lucy sich fühlt, wenn er zu mir fährt. Das Leben kann grausam gerecht sein. Aber ich frage mich auch immer mehr, ob ich das will? Die Rolle der verlassenen Lucy will ich ganz sicher nicht. Immerhin kommt er spät abends zurück zu mir. Gegessen hat er mit Lucy, sie hatte gekocht. Sie hat ihren Trumpf der guten, ihn umsorgenden Hausfrau ausgespielt. „So ein Aas", denke ich. Sie kämpft mit allen Mitteln, nur nicht mit denen ihrer Weiblichkeit, da traut sie sich wohl nichts zu, was ich irgendwie traurig finde. Er kommt zu mir ins Bett gekrochen, kuschelt sich an mich, aber ich kann nicht so recht darauf eingehen. „Sie braucht mich doch", flüstert er und meine Stimmung ist endgültig dahin.

Am folgenden Abend ruft sie erneut an. Wenn das so weitergeht, beschließe ich, sie wegen Stalking anzuzeigen, verwerfe den Gedanken dann aber wieder. Ich hätte gerechterweise keine Chance damit. Wieder gibt es Probleme mit dem PC. Klar, das ist sein Gebiet, da kann sie das hilflose Mädchen spielen. Wieder fährt er zu Lucy. Sehr spät abends kommt ein Anruf von ihm, er würde bei Lucy bleiben und die Beziehung mit mir beenden wollen. Es ist ein kurzes Telefonat, denn ich gehöre nicht zu jenen Frauen, die einen Mann darum anbetteln bei ihnen zu bleiben. Mein Stolz war schon immer größer als die Sehnsucht nach Zweisamkeit, was mir so manche Beziehung vermasselt hat.

Dennoch grüble ich die ganze kommende Woche darüber, was ihn dazu bewogen hat, sich nun doch für Lucy zu entscheiden? Was hält die beiden zusammen, wenn er ihrer wirklich so überdrüssig ist, wie er es mir immer wieder gesagt hat? Waren das alles nur Lügen? Oder ist es doch ihr Geld, das ihn bei ihr blieben lässt? Geld kann und will ich ihm nicht bieten. Ich zahle nicht für Liebe und Sex.

Am Samstag mache ich es mir nach einer Woche harter Arbeit auf dem Sofa gemütlich. In die Arbeit habe ich mich gestürzt, um zu vergessen, was mir leider nur zum Teil gelungen ist. Die Nächte alleine im Bett waren schrecklich und auch nicht immer frei von Tränen. Andererseits war es auch schön, wieder ganz viel

Zeit für mich zu haben, mich mit Freundinnen treffen zu können und am Morgen das Bad ganz für mich alleine zu haben.

Kaum sitze ich in eine Decke gehüllt vor dem Fernseher, klingelt mein Handy. Marius ist dran, er hätte Sehnsucht nach mir und wolle sofort vorbeikommen, sagt er. „Nein", schreit es in mir. Ich wollte mich doch nicht wieder auf ihn einlassen, das hatte ich mir jeden Abend aufs Neue geschworen, aber ich höre mich ein „Ja" hauchen. Kaum eine halbe Stunde später ist er da. Noch eine halbe Stunde später liegen wir zusammen im Bett. Das ist immer noch der Ort, an dem wir uns am besten verstehen. Als er erschöpft in meinen Armen liegt, fragt er, ob er bleiben könne. Seine Sachen sind ja eh noch bei mir. Ja, da kann er auch bleiben. Und ich frage mich, auf was ich mich da eigentlich einlasse? Ich will mit ihm zusammen sein, aber für die Reinigung seiner schmutzigen Socken will ich nicht zuständig sein!

Aber er will nur diese Nacht bleiben, denn Lucy besucht dieses Wochenende eine Freundin, gesteht er mir am nächsten Morgen. Ich wusste gar nicht, dass sie Freundinnen hat. Er möchte mit Lucy zusammen bleiben, jedenfalls vorerst, wie er sagt. Noch sähe er sich nicht in der Lage, sich von ihr zu trennen, er brauche dazu mehr Zeit. Aber mich will er auch nicht aufgeben, denn ich sei die Frau, die er liebe, sagt er. Ich weiß nicht, ob ich ihm all das glauben soll, aber aufgeben will ich ihn auch nicht. Also erkläre ich mich einverstanden, hin und her gerissen zwischen dem Gefühl, ausgenutzt zu werden und dem Frohlocken darüber, künftig sowohl einen Geliebten zu haben als auch meine Freiheit. „Lucy glaubt, wir hätten uns getrennt", sagt er und will auch, dass das so bleibt. Irgendwann aber würde er sich ganz bestimmt von ihr trennen, sagt er.

Den Schlüssel zu meiner Wohnung hat er noch, schließlich hat er ein paar Tage hier gewohnt und den Schlüssel wohl in weiser Voraussicht nicht zurückgegeben.

Nun beehrt er mich fast jeden Morgen mit einem Besuch bevor er zur Arbeit fährt. Meist liege ich dann noch im Bett. Er kommt ganz leise in die Wohnung, zieht sich aus und schlüpft zu mir unter die Bettdecke. Wir lieben uns und nur fast pünktlich macht er sich auf den Weg ins

Büro. Es macht nichts, wenn er etwas später kommt, dann bleibt er eben abends länger. Das kann er sich einteilen. Und Lucy erzählt er etwas von Überstunden. Ob sie das wirklich immer noch glaubt, vermag ich schon nicht mehr zu beurteilen. Nach dem Sex koche ich uns einen Cappuccino, den wir gemeinsam im Bett trinken, immer erst danach macht er sich dann auf zu seinem Tagwerk. Ich gehe entspannt unter die Dusche und widme mich meinem Tag. Unsere Alltage kreuzen sich nicht mehr.

Aber das Aufregende heimlicher Rendezvous vor der Arbeit hat nur ein begrenztes Haltbarkeitsdatum. Irgendwann frage ich mich, ob er mich eigentlich auch in Alltagskleidung auf der Straße noch erkennen würde? Ich komme mir vor wie ein Stück Fleisch, das benutzt wird. Was, außer Sex, verbindet uns eigentlich? Manchmal denke ich, dass er mich eigentlich auch für meine Dienste bezahlen könnte. Was ist es denn anderes als Prostitution, das ich hier mache? Bloß dass ich dafür eben leider kein Geld bekomme. Aber wenn ich ihn darauf anspreche, wie ich mich in unserer Beziehung, wenn das überhaupt noch so genannt werden kann, fühle, dann wird er ausweichend. Ja, irgendwann würde er schon mit Lucy sprechen und für klare Verhältnisse sorgen, erklärt er immer wieder. Mir reichen diese Stunden vor der Arbeit nicht mehr. Er ist nicht für mich da, wenn ich über meine Arbeit reden will oder an den Wochenenden etwas unternehmen möchte. An gemeinsame Urlaube ist schon gar nicht zu denken. Ich werde das Gefühl nicht los, dass ihm dieser Zustand allerdings ganz gut gefällt: Er hat morgens den Sex mit mir und ansonsten sein gemütliches und vor allen Dingen sicheres Heim mit Lucy. Sie versorgt ihn, das scheint er zu brauchen. Was ich brauche, ist dabei zweitrangig. Aber weiß ich denn selbst, was ich brauche?

Doch unsere heimlichen Schäferstündchen bleiben auf Dauer eh nicht unentdeckt, denn Lucy kommt irgendwann auf die Unheil bringende Idee, ihren Marius im Büro anzurufen, wo ihr dann gesagt wird, dass dieser nicht da sei, ohnehin selten vor zehn Uhr morgens dort eintreffe. Natürlich weiß oder ahnt sie sofort, was dahinter steckt und fühlt sich verständlicherweise hintergangen und beschließt, der Sache ein Ende zu machen.

Marius und ich liegen noch im Bett, als sein

Handy klingelt und sie ankündigt, in nur wenigen Minuten vor der Tür zu stehen. Blitzschnell springe ich aus dem Bett und in die Jeans, die noch auf dem Stuhl neben dem Schrank liegt. Von irgendwoher krame ich ein weites Hemd, das ich mir überwerfe. Ich will nicht, dass Lucy mich im Nachthemd sieht, denn dass ich die Tür öffnen muss, steht außer Frage, da sie angekündigt hat, andernfalls die ganze Nachbarschaft zusammen zu schreien. Zwar lege ich nicht allzu viel Wert darauf, was die Nachbarn von mir denken, aber so ein Spektakel ginge denn doch zu weit.

Und tatsächlich steht nur ein paar Minuten später Lucy vor der Tür. Ich biete Kaffee an und fordere sie dazu auf, sich an den Tisch in meinem kleinen Wohnzimmer zu setzen. „Wir sollten erst mal reden", sage ich und weiß eigentlich auch nicht, worüber wir reden sollten, denn die Dinge sind allzu offensichtlich. Aber sie setzt sich und nimmt sich auch eine Tasse Kaffee. Von dem Wert einer Ehe redet sie und fragt, ob ich es verantworten könne, eine Ehe zu zerstören. Nun sind mir ihre amerikanisch-puritanischen Ansichten etwas fremd und ich kann mit ihren Wertvorstellungen nur wenig anfangen. Wie kann ich eine Ehe zerstören, die ohnehin schon kaputt ist? Marius geht es da schon anders. Bei ihm zieht dieses Moralgedusel. Sie fordert ihn auf, mit ihr zu kommen und künftig ein guter Ehemann zu sein, was immer das auch sein mag. Dann erinnert sie ihn daran, dass sie doch auch noch gemeinsame Pläne hätten, sich doch ein Haus kaufen wollten. Da kann ich nicht mithalten, will es auch nicht. „Geh mit ihr und lass mich mal eine Weile in Ruhe", biete ich an, auch weil ich nicht sehe, dass dieses Gerede zu irgendetwas führt, jedenfalls nicht für mich. Sie stehen auf und wie ein folgsamer Hund trottet Marius hinter ihr her. Das ist kein Anblick, der Lust auf Sex macht.

Jedenfalls habe ich meine Morgen jetzt wieder für mich, erst einmal genieße ich das. Habe ich bei der letzten Trennung noch Tränen vergossen, so muss ich gestehen, dass sie dieses Mal ausbleiben. Ich vermisse ihn nicht wirklich. Und da er tagsüber sowieso nicht mehr neben mir war, fehlt er da auch nicht, nur mehr Schlaf bekomme nun, da er ja morgens in der Früh nicht mehr in mein Schlafzimmer kommt. Meinem Teint bekommt das durchaus gut.

Als ich einen Monat später wieder einmal mit Lena beim Italiener sitze, klingelt mein Handy. Marius ist dran. Er könne es ohne mich nicht aushalten, ich fehle ihm so, stammelt er ins Telefon. Ich sage, er solle bleiben wo der Pfeffer wächst und drücke die Aus-Taste. Es dauert nur Sekunden bis das Handy wieder klingelt; er wüsste nicht, wo der Pfeffer wächst und wolle noch mal nachfragen. Fast bin ich gerührt und verrate ihm, wo ich mit Lena bin. Er will dazu kommen. „Wenn du nicht von ihm lassen kannst, dann genieße die Stunden mit ihm, hab´ guten Sex und räume ihm ansonsten keinen allzu wichtigen Platz in deinem Leben ein. Der Typ wird sich nie ändern", belehrt Lena mich und schiebt sich noch ein dickes Stück Pizza in den Mund. Sie hat ja recht, aber kann ich das auch so sehen? Schon wenig später geht die Tür auf und ein etwas schüchtern wirkender Marius steht an unserem Tisch. Aber ich weiß inzwischen, dass er trotz seiner Schüchternheit fast immer bekommt, was er will oder es sich nimmt. Im Grunde sind wir ihm alle egal, befürchte ich. Er kennt nur seine eigenen Bedürfnisse. Dennoch finde ich ihn recht anziehend und sage: „Okay, dann setze dich halt dazu." Es entwickelt sich eine sogar recht nette Unterhaltung, wohl auch weil Lena dabei ist. Sie verhindert, dass ich doch noch mit geballten Fäusten auf ihn losgehe. Und nach zwei weiteren Gläsern Rotwein bin ich erstaunlich milde gestimmt. „Zumindest der Sex war immer gut", denke ich und beschließe, es noch einmal mit ihm zu versuchen. Als es Zeit zum Aufbruch wird, meint Lena, dass wir irgendwie ja doch zusammen passen würden und es ruhig noch einmal miteinander versuchen sollten. Na, wenn sogar meine beste Freundin das sagt, dann kann ich ja wohl gar nicht anders. Also nehme ich ihn mit nach Hause. Seine gepackte Sporttasche hat er im Auto, er ist also willens, wieder bei mir einzuziehen. Ich allerdings bin mir nicht mehr ganz so sicher, dass ich das auch will, eine schöne Nacht würde ja auch reichen. Ich sage aber erst einmal nichts.

Die Nacht ist denn auch schön, wie immer. Naja, diesen Liebhaber habe ich mir ja auch maßgeschneidert. Ich genieße es. Die nächsten Wochen verbringen wir relativ ruhig, ganz der Liebe hingegeben. Lucy ist mal wieder in den USA und so, wie er sagt, ist sie über uns informiert und toleriert es inzwischen. Sie wolle bei Ihren Eltern zu sich kommen und für sich sehen, wie es weitergehe. So jedenfalls erklärt er mir die inzwischen ungewohnt entspannte Situation. Morgens trinken wir wie üblich gemeinsam im Bett einen Cappuccino, er fährt dann zur Arbeit, ich gehe in mein Arbeitszimmer. Abends treffen wir uns mit Freunden oder machen es uns zu Hause gemütlich. So viel Alltag hatten wir noch nie miteinander. Und es scheint durchaus zu funktionieren. Er beteiligt sich sogar an der Hausarbeit. Es bleibt ihm auch kaum etwas anderes übrig, da ich nicht gewillt bin, mich um seine schmutzige Wäsche zu kümmern oder ständig hinter ihm herzuräumen. Beklagen tut er sich nicht. Kochen macht ihm sogar Spaß. Wir entdecken, dass wir gut zusammen in der Küche hantieren können. Dabei kommen wir ins Sprechen. Er erzählt viel über seine Eltern, seine früh verstorbene Mutter und seinen Beruf. Letzteres nimmt in seinem Leben den wohl größten Stellenwert ein. Nicht immer kann ich ihm auf dem Gebiet folgen. Das Ingenieurswesen ist nicht mein Ding, ich fühle mich mehr der Politik oder den Geisteswissenschaften verbunden und nicht selten macht es mich fast wahnsinnig, wie wenig er über die Zusammenhänge unserer Gesellschaft weiß. Manchmal denke ich, dass er die Fragen eines kleinen Kindes stellt, aber mit einem Kind will ich nicht ins Bett gehen. Ich spüre, dass da ein Widerwille in mir wächst. Eine Weile ist es ganz unterhaltsam, einen jungen Geliebten zu haben aber auf Dauer reicht das Jungsein nicht für eine wirkliche Beziehung. Ich will auch reden, und zwar ernsthaft reden nicht nur erklären. Ich brauche einen Gegenpart, mit dem ich auch mal über meine Arbeit sprechen kann. Ohnehin kommt mein Beruf in unserem Leben gar nicht vor. Es geht immer nur um ihn. Sehr ausführlich erläutert er mir, wie er wann wo welche Schraube einsetzen muss, damit irgendeine Getriebe so funktioniert, wie es das soll. Das interessiert mich nicht in dieser Detailgenauigkeit. Aber aufgeben will ich ihn auch noch nicht, vielleicht hindert mich die Angst vor der Einsamkeit daran. Aber das kann ich mir nicht eingestehen.

Weitere sechs Wochen später liegen wir morgens noch im Bett, trinken unseren Cappuccino und ich plane den Tag, denn es ist Wochenende und man könnte etwas unternehmen. Marius druckst herum. Er wüsste gar nicht, wie er es mir erklären solle, aber heute käme Lucy aus den USA zurück. „Na und", denke ich: „was geht uns das an?" „Wir hatten eine Abmachung", stottert er weiter herum: „Wenn sie zurückkommt und meine Sachen noch in der Wohnung stehen, dann kehre ich zu ihr zurück. Außerdem hat sie von ihrem Vater Geld bekommen, wir könnten uns jetzt das Haus kaufen, das Lucy immer haben wollte und ich bekäme darin zwei eigene Zimmer, nur für meine Sachen." Er heult und sieht mich an, als wisse er nicht weiter, was wohl auch den Tatsachen entspricht. Erst herrscht in mir Stille, dann bricht sich eine unglaubliche Wut Bahn. Was fällt diesem Kerl eigentlich ein? Was denkt der sich? Wie erlaubt er sich mit mir umzugehen? Er lebt sechs Wochen bei mir, ohne ein Wort darüber zu verlieren, dass er sich keineswegs von seiner Frau getrennt hat, wie er es mir gesagt hatte. Sie war nicht in den USA, um einen Weg für sich zu finden, sondern es war eine Zeit, die ihm die Möglichkeit geben sollte, darüber nachzudenken, für welche seiner zwei Frauen er sich entscheiden will. Und seine Sachen hat er nicht aus der Wohnung geholt, worüber ich in den Wochen der behaglichen Zweisamkeit auch nicht weiter nachgedacht habe. Der Enge meiner Wohnung habe ich das zugeschoben und eigentlich war es mir auch ziemlich egal, wo er seine Sachen aufbewahrt. Lucy war ja so weit weg. Wutentbrannt springe ich aus dem Bett, wühle mich in Jeans und Hemd und schreie ihn an: "Mach, dass du hier raus kommst, ich will dich nie wieder sehen! So belogen und betrogen hat mich noch nie ein Mann." Im gleichen Moment klingelt sein Handy, Lucy ist dran und fragt, wo er bleibt, seine Sachen seien ja noch in der Wohnung. Ganz glücklich ist sie. „She kicked me out", heult er ins Telefon. Ja, das stimmt, ich schmeiße ihn raus. Waren da schon vorher leise Zweifel an dieser Beziehung, so ist nun die Gewissheit da: Ich will diesen Mann nicht mehr in meiner Wohnung haben!

Wut ist sehr heilsam gegen Liebeskummer, stelle ich fest, denn es geht mir in den nächsten Wochen ausgesprochen gut. Er fehlt mir nicht, im Gegenteil, ich genieße meine neu gewonnene Freiheit. Ein paar Monate später erfahre ich von Lena, dass Lucy und Marius sich ein Haus gekauft haben, ganz in der Nähe von Hamburg, wo er jetzt arbeitet und Marius sich zudem noch eine kleine Wohnung in einem Nachbardorf gemietet habe. Dort träfe er sich jetzt immer mit seiner neuen Freundin.

Lucy

Etwas verloren steht sie am Flughafen. Er wollte sie doch abholen, oder hat sie nur gedacht, dass er sie abholen wolle? Die schweren Koffer hinter sich herziehend, macht sie sich auf den Weg zum Taxistand. Bestimmt muss er wieder so viel arbeiten, wie so oft in der letzten Zeit und kann sie deshalb nicht abholen. Sechs Wochen war sie bei ihren Eltern in den USA, wie stets am Anfang des Jahres. Fast immer begleitet er sie, aber dieses Jahr war in der Firma so viel zu tun. Er ist ein guter Ingenieur, das Studium hat sie ihm ermöglicht, darauf ist sie stolz. Ohne sie hätte er das nie geschafft. Nicht nur, dass sie den Haushalt immer tadellos in Ordnung hält und dafür sorgt, dass er jeden Abend eine warme Mahlzeit bekommt, nein, auch von ihrem Vater besorgt sie immer wieder Geld, um ihm all die kleinen Wünsche zu erfüllen, mal ein neuer Laptop, mal irgendeines dieser technischen Spielzeuge, die er so liebt. Ja, sie kümmert sich um ihn, fürsorgend und liebevoll, wie es sich für eine gute Ehefrau gehört. Das eigene Studium ist dabei ein wenig zu kurz gekommen, den Abschluss hat sie immer noch nicht gemacht. Die

Eltern fragen schon ständig, wie es denn damit aussähe? Als ob das so wichtig wäre!

Die Koffer sind schwer, voll mit all den Dingen, die sie aus der Heimat mitgebracht hat und die es dort so viel günstiger und besser gibt als hier. Auch Lebensmittel hat sie wieder eingekauft, die leckeren Chips und den Haselnusskaffee, aber auch eine neue Jacke für ihn. Wenn sie während der Besuche bei ihren Eltern einkauft, dann spart sie sich den Einkauf hier. Das Leben ist teuer.

Der Taxifahrer wuchtet die zwei riesigen Koffer in den Kofferraum. „Na da mussten Sie aber bestimmt Übergepäck bezahlen", meint er und weiter: „lohnt sich das denn dann überhaupt? „Und ob sich das lohnt", denkt sie: „das zahlt doch mein Vater." Sie steigt hinten in den Wagen ein, will nicht reden. Die Fahrt in die Neubausiedlung dauert nicht lange. Das Taxi hält vor dem Hochhaus, der Fahrer wuchtet die Koffer wieder aus dem Kofferraum heraus, sie zahlt und schleppt das Gepäck ins Haus und fährt mit dem Fahrstuhl nach oben. Die Wände sind immer noch mit plumpen Graffitis beschmiert, bemerkt sie und denkt mit etwas

Wehmut an das schöne, große Haus ihrer Eltern.

Nachdem sie die Wohnungstür aufgeschlossen hat, stellt sie die Koffer erst einmal ins Schlafzimmer. Die Wohnung wirkt seltsam kahl und sie fühlt sich alleine, sucht nach einer Spur von Marius. Hat er ihr vielleicht einen kleinen Brief auf den Tisch gelegt, wie er es früher oft getan hatte, wenn er früh ins Büro musste und sie noch im Bett liegen geblieben war. Sie kann morgens so schlecht aufstehen. Aber da ist nirgends ein Zeichen von ihrem Mann zu finden. So geht sie ins Wohnzimmer und setzt sich auf das breite Sofa, das die Eltern bei deren letzten Besuch spendiert haben. Schick und bequem ist die weiße Ledergarnitur, wenn auch alles etwas zu groß ist für die kleinen Räume.

Aber lange hält es sie nicht auf dem Sofa, sie geht in die Küche und macht sich einen Cappuccino aus der Tüte, den gezuckerten mit Karamellgeschmack, dazu nimmt sie sich drei der Muffins aus der Tüte, die sie noch in den USA gekauft hat. Damit setzt sie sich auf das Sofa und schaltet den Fernseher an. Sie ist wieder zu Hause.

Ihre Gedanken wandern zurück in die Tage ihrer Kindheit. Schön hat sie es gehabt. Mummy und Daddy waren immer für sie da, haben ihr jeden Wunsch von den Augen abgelesen und auch mit der älteren Schwester hat sie sich gut verstanden. Nur Freundinnen hatte sie eigentlich nie. Aber zu den großen Kindergeburtstagen, die ihre Eltern immer für die Mädchen ausrichteten, kamen alle aus ihrer Klasse. Sie nahmen die kleinen Geschenke mit, die ihre Mutter großzügig verteilte und spielten am nächsten Tag doch wieder nicht mit ihr. Aber sie hatte eh nie großes Interesse an den manchmal doch recht wilden Spielen der anderen. Sie konnte da nicht mithalten, war schon damals dick und unbeweglich. Mit Schaudern erinnert sie sich daran, wie die anderen sie deswegen gehänselt haben. Wenn sie traurig aus der Schule kam, half der Blaubeerkuchen, den die Mutter gebacken hatte.

Auch zu den Partys wurde sie als Teenager nie eingeladen. Hübsch war sie mit ihrem dunklen Teint und den schwarzen Haaren, aber zu dick. "Mit so einer Tonne geh´ ich doch nicht in die Disco", hatte Dave, der Schwarm aller Mädchen, einmal gesagt. Das hatte so wehgetan. Wie glücklich war sie da, als sie während ihres Auslandssemesters Marius kennenlernte. Auf einer Fete im Studentenwohnheim ist sie ihm das erste Mal begegnet und es hatte gleich gefunkt zwischen ihnen. Er war so hilfsbedürftig, es kümmerte sich ja keiner um ihn. Sie hat das gerne übernommen und er sagte ihr, dass er sie schön fände. Den Nacken hat er ihr massiert, wenn sie ferngesehen haben und im Kino haben sie Händchen gehalten. Endlich fühlte sie sich begehrt, dafür hat sie ihren Vater gerne hin und wieder um einen Zuschuss gebeten, um ihrem geliebten Marius eine Freude machen zu können, obwohl sie das so ihrem Vater nicht gesagt hat. Sie hatte behauptet, den neuen Laptop und all die anderen Dinge selbst für ihr Studium zu brauchen.

Geheiratet haben sie in den USA, die Eltern wollten das so, es sollte schließlich eine richtige amerikanische Hochzeit werden. Wurde es auch, die Eltern haben sich nicht lumpen lassen. Sie trug ein weißes langes Brautkleid, Marius einen grauen Taxido. Die Brautjungfern waren alle in rosa gekleidet. Im Garten hatten die Eltern ein riesiges Buffet aufbauen lassen und die Freunde und Freundinnen aus der Schulzeit waren alle gekommen und wohl nicht nur eine Kommilitonin hatte sie um den attraktiven dunklen Mann mit der sportlichen Figur beneidet. Das hatte sie genossen, endlich konnte sie mal mithalten mit den anderen.

Die Stunden sind verstrichen, sie schaut auf die Uhr. „Marius müsste jetzt bald Feierabend haben, bestimmt kommt er nun gleich nach Hause", denkt sie. Vielleicht können sie heute Abend noch essen gehen, auch wenn sie von dem langen Flug eigentlich viel zu müde dazu ist. Wie oft hat sie eigentlich in den letzten Jahren schon so auf dem Sofa gesessen und auf ihren Mann gewartet? Ein Gefühl von tiefer Enttäuschung unterdrückt sie. Hatte sie sich nicht immer die Ehe als eine immerwährende Zweisamkeit vorgestellt? Hatte sie nicht einmal ganz andere Träume? Als sie sich vor ein paar Tagen mit ihrer Mutter unterhielt und sie mal so von Frau zu Frau geredet haben, sagte diese, dass eine Ehefrau auch mal die Marotten ihres Mannes aushalten müsse und dass eine Frau immer um ihre Ehe kämpfen müsse und vor allen Dingen, sich um ihren Mann kümmern und ihm ein schönes Heim bieten müsse. Aber dazu ist sie doch nur allzu gerne bereit.

Endlich hört sich, wie sich ein Schlüssel im Schloss umdreht. Marius kommt nach Hause, sie fliegt ihm förmlich entgegen, wirft sich ihm in die Arme, aber er legt nur zögerlich seine Hand auf ihren Rücken. Sie zuckt zurück, schaut ihm in die Augen, er weicht ihrem Blick aus, wendet sich ab und geht ins Wohnzimmer, setzt sich noch stumm auf das Sofa. Nach quälenden Sekunden sagt er mit nach unten gerichtetem Blick: "Ich muss mit dir reden, ich habe eine andere Frau kennengelernt und bin eigentlich nur hier, um noch ein paar Sachen zu holen." Er hätte sie auch schlagen können, das hätte die gleiche Wirkung gehabt. Starr steht sie da und schaut ihn an. "Wer ist sie", haucht sie, kann kaum noch sprechen. "Du kennst sie kaum. Es ist die Freundin von Lena, der ich neulich beim Umzug geholfen habe." "Aber die ist doch fünfzehn Jahre älter als du!", kreischt Lucy und stürzt sich aus der Starre lösend auf ihn, wirft sich ihm entgegen und trommelt auf ihn ein, als wolle sie seinen Verrat aus ihm herausschlagen.

Schon seit mehreren Wochen sei er mit Sybille zusammen, gesteht er und dass aus einem harmlosen Flirt während sie in den USA war, eine intensive Beziehung geworden sei, gesteht er und bittet mit seinen braunen Augen um Vergebung, die sie ihm nicht gewähren kann. Noch nicht. Aber sie bettelt ihn an, zu bleiben, wenigstens diese Nacht noch, sich noch einmal zu besinnen. Eine Ehe sei doch etwas wert und sie hätte ihn doch alles geopfert, das müsse er doch anerkennen. "Was soll ich denn ohne dich machen und du ohne mich? Kümmert sie sich denn um dich?", fragt sie, fast so etwas wie einen Triumpf in der Stimme, denn wer sorgt sich schon so um ihn, wie sie es tut?

Aber er steht auf, geht ins Schlafzimmer und greift seine Sporttasche, in die er scheinbar wahllos ein paar Sachen stopft und geht zur Tür. "Ich kann nichts dafür, ich habe mich in Sybille verliebt", murmelt er und schlägt die Tür hinter sich zu.

„So einfach ist das", denkt sie und wirft sich laut heulend auf das Sofa. Wie gerne würde sie jetzt jemanden anrufen, aber neben dem Schmerz spürt sie auch das Gefühl einer tiefen

Demütigung. Es ist so peinlich, vom Mann verlassen zu werden – und dann auch noch wegen einer älteren Frau. Darüber kann sie im Moment mit niemandem reden. Bloß nicht! Irgendwann holt sie ihr Taschentuch aus der Hosentasche und wischt sich über die Augen. Sie geht in die Küche und schiebt sich eine Tiefkühlpizza in den Ofen. Während die heiß wird, geht sie ins Schlafzimmer und schaut in den großen Wandspiegel, der einen Blick auf den ganzen Körper ermöglicht. Sie vermeidet es eigentlich immer, dort hinein zu schauen. Aber nun kann sie nicht anders. In einer Anwallung von Masochismus muss sie ihr Unglück verstärken, muss sich ansehen. Sie sieht eine sehr dicke Frau in Jeans und rotem Pullover, der angeblich so schön zu ihren dunklen Haaren passt. Aber er zeigt auch jede Rolle an ihrem Bauch. Sie zieht die Jeans aus, auch den Pullover. Nun steht sie da in beigem BH mit extra großen Körbchen, die immer so teuer sind aber nie wirklich sexy aussehen. Ihre rosa Unterhose wird von einem breiten Gummi oberhalb des Bauchnabels gehalten. Sie zieht auch BH und Unterhose aus, ebenfalls die Kniestümpfe, die rot-blaue Ränder unter den Knien hinterlassen. Da steht sie nun und hebt ihren die Scham überlappenden weichen Bauch an, die Brüste hängen schlaff darüber, von blauen Adern durchzogen. „Nein, schön ist sie nicht", denkt sie und zieht sich, vom eigenen Anblick angeekelt, schnell wieder an. Die Mahnungen ihrer Mutter fallen ihr wieder ein, sie solle doch endlich etwas abnehmen und mehr auf ihr Äußeres achten. Ja, sie will es versuchen, nimmt sie sich vor, wie schon so oft.

Mit der Pizza und einen großen Flasche Cola setzt sie sich wieder auf das Sofa, beißt Stück für Stück ab, etwas Fett läuft ihr aus dem Mundwinkel. Nein, sie wird nicht aufgeben. Sie weiß, wie sie ihren Marius zurückerobern kann. Sie hat etwas, was diese Sybille ganz sicher nicht hat. Sie greift nach dem Handy und ruft ihren Vater an, egal wie spät es jetzt bei ihm ist. "Ja, hallo Dad, ich habe mit Marius gesprochen, er meint jetzt auch, dass wir uns ein Haus kaufen sollten. Ja, toll, wenn du uns dabei unterstützt. Danke, ja, sonst ist alles in Ordnung, ich melde mich wieder", sagt sie und legt den Hörer auf.

Sie wartet noch einen Tag, bis sie sich wieder ganz ruhig fühlt, dann wählt sie Marius´ Nummer und sagt ihm, dass er zurückkommen könne, sie ihm verzeihen würde und der Vater das Geld für ein Haus vorstrecken würde. Ein Haus – das hätte Marius doch immer gewollt, er hätte dann ja auch endlich zwei Zimmer ganz für sich, in dem er seine Hobbys mit all den technischen Spielgeräten ausleben könne. Marius sagt nicht viel, ist aber am Abend wieder bei ihr. Sybille sieht er nicht wieder.

Ein halbes Jahr später muss Marius wieder viele Überstunden machen. Aber wegen dieser Überstunden wird er Lucy nicht verlassen. Wem würde denn dann das Haus gehören?

Vater

Die schweren dunkelroten Vorhänge sind zugezogen. Mama will es so. Kein Lüftchen und kaum ein Sonnenstrahl dringen in den Raum. Aber die Hitze des Sommers ist dennoch zu spüren. Dumpf wabert stickige Luft durch die Wohnung.

Mama ist wieder nicht da, sie ist in ihrer Werkstatt und näht dort schöne Kleider für fremde Menschen. Manchmal auch für das kleine Mädchen. Und zu Weihnachten hat sie sogar für deren Puppen neue Kleider geschneidert. Fein sortiert liegen die winzigen, bunten Röcke und Blusen nun im Puppenkleiderschrank. Das Mädchen spielt gerne mit ihren Puppen, zieht sie an und wieder aus, stundenlang. Alleine in ihren Gedanken versunken sitzt sie dann in ihrem Zimmer und spielt Familie.

Obwohl die Mutter nicht da ist oder vielleicht auch gerade deshalb, bleiben die Vorhänge zu. "Unser Familienleben geht niemanden etwas an", sagt die Mutter immer. Das Mädchen hat sich stets gefügt, wenn sie auch nie verstanden hat, was das alles soll. Etwas mehr Licht in der

Wohnung wäre so schön Aber sie hat verstanden, dass sie nicht erzählen soll, wie lieb sich bei ihnen zu Hause alle haben. "Das verstehen die anderen nicht", hat die Mama gesagt.

Wenn es an der Tür klingelt, dann achtet die Mama immer streng darauf, dass der Papa im Schlafzimmer verschwindet. Vorher macht sie die Tür nicht auf. Wenn die Mama nicht zu Hause ist, darf die Tür nicht aufgemacht werden. Da hat sie strenge Anweisung gegeben.

Das Mädchen ist nackt. Der Papa will es so. "Es muss Luft an die Haut, das ist gesund", sagt er und ist unerbittlich. Abweichen von dieser Regel ist nicht erlaubt. Dabei würde sie so gerne etwas anziehen. Sie spürt tief in sich drin, dass ihre Nacktheit nicht mehr unschuldig ist. Sie schämt sich.

Auch der Vater ist nackt, immer. Nur wenn er auf die Straße geht, zieht er sich an. Und im Winter trägt er lange Pullover, aber nie eine Unterhose. Sein Ding lugt dann fast vorwitzig unter dem Pullover hervor. Im Sommer ist das anders, dann trägt er es mit Stolz vor sich her. Das Mädchen kennt das schon. Sie mag nie wirklich hinsehen, kann den Blick dann aber doch nicht davon wenden. Leichter Ekel würgt in ihrer Kehle beim Anblick seines großen Dings, das so steif hervorstehen kann.

Aber Papa scheint stolz darauf zu sein. Je größer das Ding wird, je mehr stolziert er, einem eitlen Gockel gleich, durch die Wohnung. Eitle Gockel hat sie früher hinter dem Haus der Oma beobachten können. Es gab dort viele Hühner. Fast findet sie es witzig, jetzt den Vater mit diesen aufgeplusterten Tieren zu vergleichen.

„Das bleibt unser Geheimnis, davon erzählen wir der Mama nichts", hat er dem Kind eingebläut und dabei auf sein Ding gezeigt. Ein Geheimnis zu haben ist schön. Aber vor diesem hat das Mädchen Angst.

Das Mädchen würde gerne ins Schwimmbad gehen, aber die Freundin hatte keine Zeit und so spielt sie trotz der Hitze in ihrem Zimmer mit den Puppen. Nackt, wie der Papa es angeordnet hat. Da steht er in der Tür, groß und dick, mit vor Schweiß glänzender Haut. Das Ding in voller Größe stolz vor sich hertragend. Er kommt langsam auf sie zu. Das Kind schaut schnell zur Seite.

Sie will das Ding nicht sehen. Er steht über ihr, versperrt so den Weg zur Tür. Sie steht auf, steht nun ganz dicht vor ihm, weil er einen weiteren Schritt auf sie zugekommen ist. "Soll ich dich mal küssen, wie ich sonst nur die Mama küsse?", fragt er und kommt noch näher. Seine Arme greifen nach ihr. Sie sperrt sich, will nicht, kämpft gegen die Angst in sich. Groß, schwer und glitschig spürt sie ihn über sich und dann den Schmerz...

Mama und Papa sitzen abends auf dem Sofa. Das Mädchen hört, wie sie sich unterhalten. "Ja, diese kleinen Dinger sind schon richtig verführerisch und ziemlich verlogen. Man darf auf keinen Fall immer glauben, was kleine Mädchen sich in ihrer Phantasie so alles ausdenken", hört sie den Papa sagen. Die Mutter murmelt Zustimmung. Das Mädchen will nicht lügen, sie wird schweigen.

Endlich wieder zu Hause

Lange genug war ich im Krankenhaus und in der Kur, nun kann ich endlich wieder nach Hause. Mein Mann wird mich abholen. Erwartet schon so sehr auf mich und alles soll in Zukunft anders werden. Das hat er mir fest versprochen. Bei jedem Besuch hat er mir das immer wieder gesagt. Und nun ist es so weit, heute werde ich entlassen.

Mit meinem kleinen Koffer stehe ich vor dem Tor und warte auf ihn. Ich dachte, er würde hier schon stehen und auf mich warten. Aber, na ja, wahrscheinlich hat er sich nur etwas verspätet. Das kann schon mal passieren. Ich stelle mein Gepäck ab und rauche erst mal eine Zigarette. Und siehe da, nach einer halben Stunde kommt er auch schon. Er steigt aus dem Auto, kommt auf mich zu und nimmt mich in die Arme, murmelt irgendetwas von einem Stau. Und ich meine, leichten Alkoholgeruch wahrzunehmen. Wahrscheinlich hat er vor lauter Freude, mich endlich wieder zu Hause zu haben, einen kleinen Drink genommen.

Ich trage meinen Koffer zum Auto und verstaue ihn im Kofferraum. Er setzt sich ans Steuer und schnell fahren wir nach Hause. Den Gedanken an seine Alkoholfahne unterdrücke ich. Ich will nicht gleich am ersten Tag anfangen zu meckern. Ich weiß doch, wie sehr er das hasst. Wir hatten oft genug Streit deswegen. Und es soll doch nun alles anders werden.

Drei Monate war ich nicht zu Hause, musste diese Operation und die anschließende Reha durchmachen. Zum Glück hat die Kasse die Kosten übernommen. Ich hatte dafür nicht genug Geld und er braucht seines für all die Projekte, von denen er immer spricht. Ich habe ihn stets sehr bewundert für den Elan, immer wieder neue Dinge in Angriff zu nehmen. Klar, manchmal wäre mir ein geregeltes Einkommen auch lieber gewesen. Aber jetzt werde ich mich um einen festen Job kümmern. Das habe ich mit der Therapeutin so besprochen. Dann kommen wir auch besser über die Runden und er hat mehr Zeit, um all seine Pläne zu verwirklichen.

Ich kann es kaum erwarten die Wohnung aufzuschließen. Alles ist so, wie ich es erwartet habe. Der arme Mann! Er kommt alleine einfach nicht zurecht. Er braucht mich wirklich! Ich stelle meinen Koffer in die Ecke und mache mich gleich ans Werk: erst einmal wieder gründlich aufräumen. Es muss auch jede Menge Wäsche gewaschen werden. Ich bin froh, dass ich meine Sachen noch im Sanatorium waschen konnte. Nach zwei/drei Stunden sieht die Wohnung wieder einigermaßen ordentlich aus. Ja, ich merke, wie sehr ich hier gefehlt habe. Fast bin ich ein wenig gerührt.

Ich werde schnell einkaufen gehen, um uns zum Mittag etwas Schönes zu kochen. Heute brauchen wir nicht zu sparen, schließlich habe ich das während der Kur gesparte Geld noch in der Tasche. Da konnte ich ja kaum etwas von meiner Rente ausgeben. Natürlich werde ich auch ihm einen guten Teil davon geben. Er hat es die drei Monate ohne mich auch nicht leicht gehabt, da soll er sich jetzt ruhig auch einmal etwas gönnen.

Nachdem ich vom Einkaufen zurück bin, gebe ich ihm den Rest des Geldes. Ich habe Schnitzel gekauft. Die mag er so gerne. Heute soll er sein Lieblingsessen bekommen. Und er freut sich so darüber. Er sagt, dass es ihm so gut schon lange nicht mehr geschmeckt habe. Fast kommen mir die Tränen. Es tut so gut, gebraucht zu werden. Nach dem Mittagessen geht er, nimmt das Geld mit. Vielleicht will er mir einen Blumenstrauß kaufen, so wie er es zu Beginn unserer Beziehung oft getan hat. Ach, das wäre schön.

Ich mache mich wieder an die Hausarbeit. Es ist doch viel liegen geblieben. Hin und wieder schaue ich auf die Uhr. Er kommt nicht zurück. Abends mache ich mir erschöpft ein Brot und gehe ins Bett. Er ist immer noch nicht zurück. Spät in der Nacht kommt er dann doch, kommt zu mir ins Bett, kommt mir viel zu nah mit seiner Alkoholfahne.